Fischers Bibliothek
zeitgenössischer Romane

# Knulp

Drei Geschichten aus dem Leben Knulps

von

## Hermann Hesse

S. Fischer, Verlag, Berlin

# 크눌프

Knulp

헤르만 헤세 지음 ǀ 두행숙 옮김

더스토리

**차례**

이른 봄

1890년대 초, 우리의 친구 크눌프는 몇 주일 동안 병원에 입원해 있어야만 했다. 그러다가 퇴원했을 때는 2월 중순쯤으로 날이 몹시 추워서, 그는 며칠 여기저기 떠돌다가 다시 열이 오르는 것을 느껴서 쉴 만한 숙소를 찾아야만 했다.

그는 친구가 많아서 이 지방 어느 도시를 가든 자신을 반겨줄 사람들이 있었다. 그러나 그는 자존심이 특별히 강해서 신세 지는 것을 꺼렸으므로, 친구들은 그가 자신들의 대접을 받아들이는 것을 영광으로 느낄 정도였다. 이번에는 크눌프의 머릿속에 레히슈테텐*에서 피혁공으로 일하는 친구인 에밀 로트푸스가 떠올랐다.

---

* 실재하지 않는 가상의 도시다.

크눌프는 비가 내리고 서풍이 몰아치는 저녁에 그의 집 문을 두드렸으나 문은 이미 굳게 닫혀 있었다. 피혁공 로트푸스는 위층 창문을 빠끔히 열더니 아래의 어두운 거리를 향해 소리를 질렀다.

"밖에 누구요? 시간이 늦었는데 내일 다시 오면 안 되겠소?"

크눌프는 몹시 피로했지만 옛 친구의 음성을 듣자 피로가 싹 가시는 듯 기운이 돋았다. 그리고 몇 해 전에 약 한 달 동안 그와 함께 여행을 다녔을 때 지은 시가 문득 떠올라서 위층을 향해 읊었다.

피곤한 몸으로
객주에 앉아 있는 나그네
누군가 했더니 다름 아닌
집을 떠난 탕자(蕩子)*였네

피혁공은 격하게 덧문을 열어젖히고는 창밖으로 몸을 쑥 내밀어 굽어보았다.

"크눌프! 자네네가, 아니면 유령인가?"

---

* 구약성서에 나오는 아버지의 말을 듣지 않고 젊을 때 집을 떠나 혼자 여기저기 방황하던 아들을 가리킨다. 크눌프가 자신을 탕자에 비유하고 있다.

"나야, 크눌프!"

크눌프는 소리쳤다.

"헌데 자네, 계단으로 내려올 수도 있을 텐데, 그 창문에서 뛰어내릴 셈인가?"

친구는 기쁜 표정으로 서둘러 내려와 문을 열었다. 그을음 나는 작은 기름 램프를 얼굴 가까이 비추자 크눌프는 눈이 부셨다. 집주인은 흥분하여 소리치며 친구를 집 안으로 맞아들였다.

"어서 들어오게! 얘기는 나중에 할 수 있겠지. 아직 저녁밥이 좀 남아 있을 거야. 침대도 있으니 걱정 말게. 맙소사, 정말로 궂은 날씨인데! 아아, 자네 아주 멋진 장화도 신고 있군!"

크눌프는 그가 놀라워하면서 이런저런 것을 물어도 개의치 않고 계단에서 비에 젖은 바지 자락을 털었다. 그러고는 지난 4년 동안 그 집에 발을 들인 적이 없었으면서도 어둠 속에서 계단을 거침없이 올라갔다.

위층의 거실 방문 앞에서 그는 잠시 걸음을 멈추고 안으로 들어가자고 권하는 피혁공의 팔을 잡았다. 그리고 귓속말로 물었다.

"자네, 지금 결혼했지?"

"그럼, 물론이지."

"그래서 말인데. 자네 부인은 날 모를 테고 이렇게 찾아온 나를 아마 반가워하지 않을 거야. 자네 부부를 귀찮게 하고 싶지 않네."

"귀찮기는 무슨!"

로트푸스는 크게 웃더니 문을 활짝 열어젖히고 크눌프를 불빛이 환한 거실로 밀어 넣었다. 큰 석유 램프가 세 줄로 매달려 있고 그 아래에 큰 식탁이 놓여 있었다. 담배 연기가 희미하게 허공으로 오르더니 뜨거운 램프 덮개 속으로 말려 들어가다가 사라졌다. 식탁 위에는 신문과 돼지 방광으로 만든 담배쌈지가 놓여 있었다.

한쪽 벽 옆의 작고 좁은 소파에 앉아 있던 젊은 부인이 놀라서 벌떡 일어났다. 잠깐 졸고 있다가 깼는지, 방해받은 듯한 표정을 감추느라 좀 당황스러워 보였다. 크눌프는 강렬한 불빛에 잠시 눈이 부셨으나, 부인의 밝은 잿빛 눈을 들여다보며 공손히 인사를 하고 손을 내밀었다.

주인은 웃으며 말했다.

"내 아내일세. 그리고 이 사람은 내 친구 크눌프야. 당신 알지? 우리 전에 얘기한 적 있잖아? 물론 이 친구는 우리 손님이니까 앞으로 우리 집에 묵을 거야. 마침 빈 직공의 침대도 있으니까. 하지만 먼저 과일주나 한 잔 함께 해야겠어. 그리고 크눌프는 요기도 좀 해야 하고. 소시지 한 개쯤은 남아 있지?"

여주인은 재빨리 밖으로 나갔다. 크눌프는 그녀의 뒷모습을 바라보았다.

"부인이 좀 놀란 것 같은데."

크눌프가 나직하게 말했다. 그러나 로트푸스는 그렇지 않다고 부인했다.

"아직 아이는 없나?"

이때 부인이 벌써 다시 들어와서 소시지가 담긴 놋접시를 조심스럽게 내려놓았다. 그리고 그 옆에 빵 도마를 놓았다. 흑빵이 절반으로 잘려서 밑 부분이 도마 쪽으로 놓여 있었다. 도마 둘레에 '오늘도 우리에게 일용할 양식을 주옵소서'라는 글귀가 우아하게 새겨져 있었다.

"리스! 방금 크눌프가 뭐라고 물어 봤는지 알아?"

"아, 가만있게 좀, 자네."

크눌프는 로트푸스의 말을 가로막았다. 그리고 부인을 향해 미소를 지으며 말했다.

"아, 그저 별 뜻 없는 말이었습니다, 부인."

그러나 로트푸스는 가만히 있지 않았다.

"우리에게 아직 아이가 없느냐고 묻질 않겠어."

"어머나 어쩜!"

부인이 소리를 지르고는 웃으며 곧장 밖으로 뛰어 나갔다. 부인이 나가자 크눌프는 다시 물었다.

"아이는 정말 없어?"

"아직 없네. 아내가 좀 기다리자고 하는군. 결혼 초 몇 년간은 그렇게 하는 게 더 좋을지도 모르지. 그건 그렇고, 자, 들게. 맛을 좀 보게나!"

잠시 후 부인이 회색과 청색을 띤 도자기 술병을 가지고 들어오더니 유리 술잔을 세 개 나란히 놓고 술을 가득 따랐다. 그렇게 하는 솜씨가 능숙해 보였다. 크눌프는 그녀를 바라보며 미소 지었다.

집주인이 잔을 크눌프 쪽으로 내밀며 큰 소리로 외쳤다.

"옛 친구를 위하여!"

그러나 크눌프는 정중한 태도로 부인을 향해 이렇게 소리를 높였다.

"먼저 부인께 건배하죠. 부인의 건강을 위하여! 그리고 옛 친구를 위하여!"

그들은 서로 잔을 부딪쳐 건배한 후에 마셨다. 로트푸스는 즐거워서 표정이 한껏 밝아졌고, 크눌프가 얼마나 좋은 매너를 가진 친구인지 아내도 알아차렸는지 확인하려는 듯이 그녀에게 눈짓을 했다.

그러나 그녀는 벌써부터 그것을 눈여겨보고 있었다.

"보았죠, 당신, 크눌프 씨는 당신보다 훨씬 예의가 바르세요. 예절을 아는 분이세요."

크눌프는 대꾸했다.

"아, 아닙니다. 누구든지 배운 대로 하는 거지요. 예절이라고 말씀하시니 당황스럽습니다, 부인. 그런데 음식을 내오시는 솜씨가 정말 멋지십니다. 마치 일류 호텔에서 대접받는 느낌이 듭니다!"

주인이 웃으면서 말했다.

"맞아, 아내도 그것을 배워서 알고 있는 거라네."

"아, 그러세요. 어디서요? 아버님이 호텔을 운영하셨나요?"

"아녜요. 아버지는 벌써 오래전에 세상을 떠나셨어요. 저는 그분이 잘 기억나지도 않는 걸요. 하지만 옥센에서 몇 년 동안 일한 적이 있어요. 아실지 모르겠지만요."

"옥센이라고요? 거긴 예전에 레히슈테텐에서 가장 멋진 호텔 아니었습니까."

크눌프가 칭찬하듯이 말했다.

"지금도 여전히 그래요. 그렇죠, 에밀? 거기 숙박객들은 대부분 출장 중인 사업가들이나 관광객들이거든요."

"그럴 겁니다, 부인. 거기라면 분명 지내기도 괜찮고, 수입도 좋았을 겁니다. 그러나 자신의 가정을 꾸리는 것이 더 낫겠지요, 그렇죠?"

크눌프는 천천히 맛을 음미하면서, 연한 소시지를 썰어서 빵에 얹고 곱게 벗긴 껍질은 접시 가장자리로 밀어 두었다. 그리고 이따금 황색의 좋은 사과주를 조금씩 마셨다.

친구인 주인은 크눌프의 가늘고 섬세한 손이 장난하듯 하면서도 필요한 동작만 취하면서 먹는 것을 흐뭇하고 존중하는 표정으로 바라보았다. 부인도 역시 그런 동작이 만족스럽게 느껴지는 모양이었다.

"그런데 자네, 안색이 그리 좋아 보이지는 않는군."

에밀 로트푸스는 이어서 꼬집듯이 물었다. 크눌프는 최근에 몸이 아파서 병원에 입원했었다고 고백할 수밖에 없었다. 그밖의 곤혹스러운 일들에 대해서는 입을 다물었다.

친구 에밀은 앞으로는 무슨 일을 시작할 생각이냐고 물었다. 그러면서 먹고 자는 일은 걱정하지 말라고 진심으로 말해 주는 것이었다. 친구의 이런 말이야말로 크눌프가 염두에 두고 기다렸던 말이었다. 그러나 막상 듣고 나자 소심한 기분으로 바뀌면서, 대답을 회피하고 싶었다. 크눌프는 무관심한 듯이 말했다.

"그런 이야기는 우리 내일이나 모레에도 할 수 있지 않은가. 고맙게도 날은 얼마든지 있으니까. 아무튼 당분간은 여기에 머물러야 할 것 같네."

크눌프는 장기적인 계획이나 약속을 정하는 것을 좋아하지 않았다. 그날그날 닥칠 때마다 자기 마음대로 자유롭게 보내지 않으면 기분이 언짢아졌다. 그는 다시 말을 이었다.

"내가 정말로 한동안 이곳에 머물게 된다면, 나를 자네 작업장의 직공으로라도 받아주게."

주인은 크게 웃었다.

"안 될 게 뭐 있나! 자네가 내 직공이라니! 하지만 자네는 무두질을 전혀 모르지 않나!"

"상관없어, 자네 이해가 안 가나? 나는 무두질에는 관심이 없네. 그건 물론 멋진 손기술이지만, 내게는 일하는 재주는 없잖은가. 그래도 내 여행수첩에는 도움이 될 거야. 질병 급여도 어떻게 마련될 테고."

"그 수첩 한번 봐도 되겠나?"

크눌프는 마치 새것 같은 양복 겉저고리 안에 손을 넣어, 지갑 속에 고이 간직한 것을 꺼내 들었다. 피혁공은 그것을 자세히 들여다보더니 웃음을 터뜨렸다.

"자네는 여전히 꼼꼼하군! 마치 어제 아침에 막 어머니 집을 떠난 사람처럼 깔끔하단 말이야."

그러고는 수첩에 적힌 내용들과 그 위에 찍힌 검인을 자세히 살펴보고 몹시 감탄해서 머리를 설레설레 흔들었다.

"정말, 아주 정리가 잘 되어 있어! 자네 손에 들어가면 거의 모든 게 일품이 되는 것 같아."

사실, 여행수첩을 이처럼 잘 정리해서 간직하는 것은 크눌프의 한 취미였다. 여행수첩 속에는 아름다운 이야기며 시 같은 것들이 흠잡을 데 없이 잘 기록되어 있었다. 그가 머물렀던 숙소에 대한 공인된 기입 사항들은 열심히 훌륭한 생활을 하는 사람들이 와서 머무는 유명한 숙박지의 이름들도 보여주고 있었다. 다만 숙박지가 자주 바뀐 것이 눈에 띄었는데, 이는 그에게 방랑벽이 있음을 말해 주는 것이었다.

그러나 이 공인 수첩에 증명된 삶은 사실 크눌프 자신이 스스로 꾸며낸 것으로, 마치 이런 생활을 한 것처럼 보이려고 수백 가지의 기술을 동원해서 위태롭게 허구의 삶을 유지해 오고 있었다. 실제로 법에서 금하는 일을 행한 적은 없었지만, 그는 직업도 없는 방랑인으로서 비규범적이고 경멸받는 생활을 해 온 것이었다. 물론 지방 경찰관들이 모두 호의를 보여주지 않았더라면 아름다운 시적인 생활을 방해받지 않고 계속하는 행운은 그에게 없었을 것이다. 경찰관들은 이 밝고 재미있는 사람의 정신적인 우월성과 이따금 보여 주는 진솔한 마음을 존중하면서 그를 될 수 있는 대로 가만히 지내도록 내버려 두었던 것이다.

크눌프는 처벌을 받은 적도 거의 없었고, 절도나 구걸을 한 적도 없었다. 또 가는 곳마다 믿을 만한 친구들이 있었다. 그래서 그가 지나가는 곳이면 어디든 사람들은 마치 화목한 가정집에서 귀여운 고양이를 가족의 일원으로 받아들이듯 그를 너그럽고 참을성 있게 받아 주었다. 마치 고양이가 부지런하지만 어렵게 사는 사람들 틈에서 아무 걱정 없이 우아하게, 하는 일 없이도 신사처럼 당당하게 행동하듯 그도 그렇게 지냈다.

크눌프는 수첩을 다시 받아 들면서 큰 소리로 말했다.

"내가 오지 않았다면 자네 부부가 벌써 잠자리에 들었을 시간일 텐데."

그는 일어나서 부인에게 의례적인 인사를 건네고는 친구를 보았다.

"가세, 로트푸스, 내 잠자리는 어딘가. 안내해 주게."

집주인은 등불을 들고 좁은 계단을 올라가 직공이 머물던 방으로 그를 안내했다. 거기에는 벽 옆에 쇠로 만든 빈 침대가 놓여 있고, 그 옆에 침구가 펴진 나무 침대가 하나 있었다.

"더운 물주머니가 하나 필요하겠지?"

친구는 마치 아버지가 아들에게 묻듯이 물었다.

"물론, 바로 그것이 필요하네."

크눌프는 웃으며 말을 이었다.

"어여쁜 작은 부인이 있는 집주인께서는 물주머니 같은 게 필요 없겠지만."

로트푸스는 아주 정색하면서 말했다.

"그래, 보다시피 자네는 이제 다락방의 차가운 침대에서 자게 되었군. 때로는 이보다 더 나쁜 잠자리에 든 적도 있겠지. 그마저도 없어서 짚더미에서 잔 경우도 있었겠고. 그러나 우리 같은 사람은 집도 있고, 직업도 있으며, 괜찮은 아내도 있네. 여보게, 자네도 하려고만 했다면 벌써 나보다 더 훌륭한 집 가장이 되었을 걸세."

그 사이에 크눌프는 서둘러 옷을 벗어 던지고 추운 듯이 몸을 움츠리면서 차가운 이불 속으로 기어 들어갔다.

"아직도 할 말이 많은가? 좀 누워서 듣겠네."

"농담이 아니야. 진지하게 말하는 거라고, 크눌프."

"나도 마찬가지야, 로트푸스. 그러나 결혼을 자네가 생각해 낸 발명품처럼 말해서는 안 되네. 자, 그럼 가서 잘 자게."


다음날 크눌프는 그냥 침대에 누워 있었다. 아직도 몸이 조금 편치 않을뿐더러 날씨도 좋지 않아서 집에서 나가기도 어려웠다. 아침에 다녀간 친구에게 그대로 조용히 누워 있게 해 달라고 말하고, 점심때 수프나 한 접시 올려 보내달라고 부탁하였다.

그렇게 그는 하루 종일 어두컴컴한 다락방에 조용히 편안하게 누워 있었다. 추위와 방랑의 피로가 사라지는 것 같았다. 따뜻하고 쾌적한 느낌에 그는 기꺼이 몸을 맡겼다.

지붕 위를 끊임없이 때리는 빗방울 소리와 불안하고 기분 나쁜 음산한 소리를 내며 지나가는 바람 소리에 귀를 기울였다. 그 사이에 그는 반 시간쯤 잠이 들었다가 여행할 때 읽던 것들을 꺼내서 어두워질 때까지 읽었다. 그가 직접 베낀 시와 격언 들을 모아 놓은 노트와, 신문 기사들을 스크랩한 뭉치였다. 또 주간신문들에서 오려 놓은 몇 장의 사진도 있었다.

그 중 두 장은 그가 특별히 좋아하는 사진으로, 자주 꺼내 보아서 이미 때가 묻고 낡아 있었다. 한 장은 여배우 엘레오노라 두제의 사진이었고, 또 한 장은 돛을 달고 강한 바람을 맞으며 먼 바다를 향해하는 범선 사진이었다.

어릴 때부터 크눌프는 북쪽 지방과 바다에 대하여 강렬한 동경을 품고 있었다. 그래서 여러 번 북쪽을 향해 여행을 떠났고, 한 번은 브라운슈바이크*까지 간 적도 있었다. 그러나 언제나 떠돌아다니면서 한곳에 오래 정착할 줄 모르는 이 철새는 늘 기이한 불안과 향수에 젖어 급히 걸음을 재촉해 다시 남독일로 되돌아오고 마는 것이었다. 언어와 풍습이 다른 지방에 가면 아는 사람도 없고, 또 그의 전설적인 여행수첩을 제대로 꾸미는 데 어려움이 따르기 때문인지도 몰랐다.

점심때가 되자 로트푸스가 수프와 빵을 가지고 올라왔다. 그는 조용한 걸음으로 올라와 아주 조심스럽게 귓속말을 했다. 로트푸스 자신은 소아마비를 앓고 난 후 단 한 번도 낮에 침대에 누워 잔 일이 없었으므로, 아마 크눌프가 아픈 것으로 착각한 모양이었다. 그러나 아주 편안함을 느낀 크눌프는 로

---

* 독일 북부 니더작센주의 중앙에 위치한, 오랜 역사를 가진 도시다.

트푸스에게 굳이 애써 설명하려고 하지 않고, 다만 내일이면 회복되어 다시 일어날 것이라고 장담하였다.

오후가 훨씬 지나자 방문을 노크하는 소리가 들렸다. 크눌프가 선잠이 든 상태여서 대답을 하지 않자, 부인이 조심스럽게 방으로 들어와 빈 수프 접시를 치우고 밀크커피가 든 잔을 침대 옆 탁자에 놓았다.

크눌프는 부인이 들어오는 소리를 들었으나, 피로하기도 하고 겸연쩍기도 해서 깨어 있는 것을 부인이 눈치 채지 못하게 그냥 눈을 감고 있었다. 부인은 빈 그릇을 손에 든 채 자고 있는 사람을 쳐다보았다. 크눌프는 파란색 체크무늬 잠옷을 입고 팔에 머리를 괴고 누워 있었다. 그의 아름다운 검은 머리와 거의 어린아이처럼 순진한 얼굴의 아름다움이 눈에 띄었다.

부인은 잠시 동안 서서 아름다운 젊은이를 물끄러미 바라보았다. 이 젊은이에 대해서 이미 남편이 진기한 이야기를 많이 들려주었다. 감고 있는 눈 위의 검은 눈썹, 부드럽고 넓은 이마, 여위었으나 갈색을 띤 볼, 섬세한 붉은 입술과 가늘고 밝은 색의 목덜미. 모든 것이 마음에 들었다. 그러자 옥센에서 여급으로 일하던 때가 생각났다. 그 당시 한창 젊고 아름다웠던 그녀는 춘정에 젖어서 이와 같이 낯설고 멋진 청년들에게서 사랑을 받았었다.

그녀는 잠시 꿈을 꾸듯이 가벼운 흥분 상태에 빠져서 크눌프의 얼굴을 더 자세히 보려고 허리를 굽혔다. 그 순간, 스푼이 접시에서 미끄러져 마루에 떨어졌다. 조용하고 외진 장소라 소리도 큰 것 같아 몹시 놀란 그녀는 가슴이 뛰었다.

이때 크눌프는 마치 깊은 잠을 잤던 것처럼 천천히, 아무것도 모르는 듯이 눈을 떴다. 그는 머리를 돌리면서 손을 눈 위에 갖다 대었다. 그리고 미소를 띠며 말했다.

"아, 부인께서 계셨군요! 제게 커피를 가져오신 건가요! 뜨거운 커피, 바로 제가 막 꿈을 꾸던 것이었는데요. 정말 고맙습니다, 로트푸스 부인! 그런데 지금 몇 시나 됐습니까?"

"4시예요."

그녀는 재빨리 대답했다.

"식기 전에 드세요. 찻잔은 나중에 다시 가지러 올게요."

그녀는 한순간도 지체할 수 없다는 듯이 급히 계단을 내려갔다. 크눌프는 생각에 잠긴 눈빛으로 사라져 가는 그녀의 뒷모습을 바라보았다. 그는 몇 번이나 머리를 흔들고는 새 소리 같은 휘파람을 나직이 불면서 커피잔 쪽으로 몸을 기울였다.


날이 어둑해지고 한 시간이 지나자, 크눌프는 지루해지기 시작했다. 기분도 괜찮아졌고 아주 편히 쉬었더니 아는 사람들을 좀 찾아가 보고 싶은 생각이 들었다.

어둠이 짙어지자 그는 조용히 일어나 계단을 다람쥐같이

살살 내려가 아무 눈에도 띄지 않게 집을 빠져 나갔다. 남서풍이 여전히 세차게 불었고, 공기는 축축했지만 비는 더 이상 내리지 않았다. 하늘은 여기저기 조금씩 훤하게 밝아 있었다.

크눌프는 인적이 끊어진 시장 광장을 지나 저녁의 거리를 천천히 걷다가 문이 열려 있는 어느 대장간 앞에서 발을 멈췄다. 크눌프는 일을 뒷마무리하고 있는 직공에게 말을 걸면서 찬 손을 시뻘겋게 불타고 있는 화덕에 대고 불을 쬐었다.

그러면서 이 도시에서 알고 있던 몇몇 사람들에 대해 물었다. 듣다 보니 죽은 사람도 있었고, 결혼한 사람도 있었다. 크눌프는 대장장이들이 쓰는 용어와 그들 간에 식별하는 표현 등을 요령껏 잘 써서 마치 같은 일에 종사하는 사람처럼 보이게 하였다.

그 시각에 로트푸스 부인은 저녁 수프를 만들고 있었다. 작은 난로에 둥근 쇠받침을 놓은 뒤에 감자를 벗겼다. 그 일이 끝나자 수프를 약한 불에 올려놓은 다음, 등불을 손에 들고 거실로 들어가 거울에 몸을 비춰 보았다.

거울 속에는 자신이 원하는 모양 그대로의 몸이 비쳤다. 볼이 통통하고 생기 있는 얼굴, 파란빛이 도는 갈색 눈이 보였다. 머리 모양은 좀 손질해야 할 것 같아서 손가락으로 능숙하게 매만져 정리했다. 그런 다음에 깨끗이 씻은 손을 다시 앞치마에 문지른 다음, 등불을 한 손에 들고 서둘러 다락방으로 올라갔다.

부인은 직공 방의 문을 가만히 두드렸다. 그런 다음 다시 한 번 좀 더 세게 두드렸다. 그래도 아무 대답이 없자 등불을 마루 위에 내려놓고, 두 손으로 방문을 삐걱 소리가 나지 않게 가만히 열었다.

그녀는 발끝을 세워 방 안으로 들어섰다. 그리고 한 걸음 때면서 침대 옆의 의자를 더듬거려 찾았다.

"주무세요?"

그녀는 목소리를 낮춰 말했다.

"주무세요? 찻잔을 가지러 왔어요."

그녀는 다시 한 번 말했다.

그러나 모든 게 조용하고 숨소리도 들리지 않았다. 그녀는 침대 쪽으로 손을 내밀었다가 기분이 이상해져서 다시 손을 움츠리고 서둘러 등불을 가지러 밖으로 나갔다. 다시 들어와 살펴보니 방은 비어 있고, 침대는 꼼꼼하게 잘 정돈되어 있었다. 베개와 털이불도 흠잡을 데 없이 잘 털어 개켜져 있었다. 기대가 깨진 데 당황한 그녀는 불안에 싸여 허둥지둥 부엌으로 되돌아왔다.

반 시간쯤 후에 로트푸스가 저녁을 먹으러 들어왔을 때 식사 준비는 다 되어 있었다. 그러나 부인은 생각에 잠겨 있었다. 그녀는 다락방에 올라갔던 일을 남편에게 말할까 망설였으나,

끝내 말할 용기를 내지 못했다.

그때 아래층에서 문이 열리며 포장된 통로를 지나는 가벼운 발걸음 소리가 나고, 계단을 올라오는 소리가 들리더니 이윽고 크눌프의 모습이 나타났다. 그는 멋진 갈색 모자를 벗으며 저녁 인사를 했다.

로트푸스가 놀라며 소리쳤다.

"아니, 자네 어디 갔다 오는가? 아픈 몸으로 밤에 밖을 쏘다니다니! 그러다가 자네 죽음을 재촉할지도 몰라!"

크눌프는 대꾸했다.

"옳은 말일세. 그런데 로트푸스 부인, 제가 제때에 돌아왔군요. 부인의 그 좋은 수프 냄새가 시장에까지 나던데요. 수프를 먹으면 죽음의 신을 추방할 수 있겠지요."

모두 식사를 하러 자리에 앉았다. 가장인 로트푸스는 기분이 좋아서 말이 많아졌다. 그는 가정에서는 가장이고 직장에서는 장인인 자신의 지위를 자랑삼아 늘어놓았다. 그는 손님인 크눌프를 놀려대더니 다시 정색을 하면서, 영원히 방랑하는 생활과 무위도식하는 일은 이제 그만 끝내라고 충고하는 것이었다.

크눌프는 묵묵히 듣고 있을 뿐 별다른 대답을 하지 않았다.

부인은 아예 한마디 말도 없었다. 그녀는 남편에 대해 화가 났다. 예의 바르고 멋진 크눌프에 비해서 남편이 거칠고 투박

해 보인 까닭이었다. 그래서 그녀는 손님에게 친절하게 접대하는 것으로 자기의 호의적인 마음을 알리려고 했다.

시계가 10시를 치자 크눌프는 자러 가겠다고 인사하고는 로트푸스에게 면도칼을 좀 빌려달라고 했다. 로트푸스는 면도칼을 건네주면서 말했다.

"얼굴은 말끔한데 뭘 그러나. 수염이 조금만 거칠어도 못 견디고 깎아야 되는 모양이지. 아무튼 잘 자게. 몸도 잘 추스르고."


크눌프는 방으로 들어가기 전에 다락방으로 이어진 계단 위에 있는 작은 창을 통해 밖을 내다보았다. 날씨와 주변 이웃을 좀 살펴보려는 것이었다. 바람은 거의 잠잠해졌고, 지붕과 지붕들 사이로 드러나 보이는 검은 하늘 한쪽에 별들이 젖은 눈을 반짝이며 빛나고 있었다.

크눌프가 막 머리를 도로 안으로 들이고 창문을 닫으려는 순간, 맞은편 이웃집의 작은 창에 갑자기 불이 켜지며 환해졌다. 그의 방과 비슷하게 작고 나지막한 방이 보이고, 젊은 하녀가 들어왔다.

그녀는 오른손에 놋 촛대를 들고 왼손에는 큰 물주전자를 들고 들어오더니 마루에 놓았다. 그러고 나서 촛불로 좁은 하녀용 침대를 비춰 보았다. 검소한 빨간색 거친 담요가 단정하게 펴져 있었다. 그녀는 촛불을 한쪽에 치웠는데 어디에 놓았는지는 보이지 않았다. 그런 다음에 그런 하녀라면 누구나 하나씩 가지고 있는 낮은 녹색 트렁크 위에 주저앉았다.

크눌프는 건너편 집에서 뜻하지 않았던 장면이 펼쳐지자, 이쪽이 보이지 않도록 자신이 들고 있던 촛불을 끄고 가만히 창에 몸을 기대고 서서 바라보았다. 그는 그 젊은 하녀가 마음에 들었다. 열여덟이나 열아홉 살쯤 되어 보였다. 키는 그리 크지 않았고 작은 입, 갈색 눈, 진한 검은 머리카락을 한 약간 갈색 빛의 아름다운 얼굴이었다. 그러나 그 조용하고 호감이 가는 얼굴에 기쁜 빛이라곤 없었다. 낮고 딱딱한 녹색 트렁크에 주저앉은 그 처녀의 모습은 몹시 근심에 차 있고 슬퍼 보였다.

세상에 대해 알고 또한 젊은 여인들에 대해 아는 크눌프는 이 아가씨가 아마 트렁크를 들고 타향으로 떠나온 지 얼마 안 되어 고향을 그리워하는 것이라고 짐작했다. 그 여자는 갈색 손을 무릎 위에 올려놓은 채, 잠자리에 들기 전에 그녀의 유일한 작은 소유물인 트렁크 위에 앉아 잠시 동안 고향집의 거실을 생각하면서 조금이나마 위안을 얻으려 하는 것 같았다.

앉은 자세로 움직이지 않고 있는 그 여자처럼 크눌프도 꼼짝 않고 창에 붙어 서서 시선을 고정하고 있었다. 그는 이 낯선 자그마한 여인의 동태를 긴장한 표정으로 바라보고 있었다. 여인은 자신의 근심을 촛불 아래에 감춘 채 누가 자신을 보고 있으리라고는 전혀 생각하지 못하고 있었다.

크눌프는 여자의 순해 보이는 갈색 눈이 생각하는 듯이 크게 뜨였다가 다시 긴 속눈썹에 덮이는 것을 보았다. 어린애 같은 갈색 볼에 붉은 불빛이 약간 하늘거리는 것도 보였다. 또한 피로에 지친 젊고 가냘픈 손도 보았다. 여자는 진한 청색 무명옷 위에 잠시 손을 얹은 채 그날 밤의 마지막 할 일인 잠옷을 바꿔 입는 일을 미루고 있었다.

드디어 젊은 여자는 탄식을 하더니 머리를 들었다. 머리 다발은 뒤로 말아 올려 헤어네트가 씌워져 있었다. 생각에 잠겨 꽤 걱정스러운 표정으로 허공을 쳐다보더니 신발 끈을 풀려고 허리를 깊이 숙였다.

크눌프는 아직 그 자리를 뜨고 싶지 않았지만, 가련한 아가씨가 옷을 벗는 모습을 엿보는 건 옳지 않을뿐더러 잔인한 행동이라고 생각했다. 그는 가능하다면 소리쳐 불러서 말을 걸고 농담도 해서 그녀가 잠자리에 들기 전에 기분이 좀 나아지도록 위로해 주고 싶었다. 그러나 건너편 멀리서 부르면 깜짝 놀라 곧바로 불을 꺼버리지 않을까 두려웠다.

그래서 소리쳐 부르는 대신 크눌프는 자신이 지닌 여러 잔재주 중의 하나를 이용했다. 휘파람을 아주 아름답고 부드럽게, 마치 멀리서 들려오는 것 같이 불었다. 휘파람 곡조는 '물레방아 도는 시원한 골짜기'였다. 크눌프가 너무도 아름답고 고요히 불렀기 때문에 그녀는 한동안 그것이 무엇인지 알지 못한 채 정신없이 듣고 있었다. 노래가 3절로 이어지자 비로소 천천히 몸을 일으키더니 가만히 창가로 걸어왔다.

그녀는 머리를 창밖으로 내밀고 귀를 기울였다. 크눌프는 계속해서 나직이 휘파람을 불었다. 그녀는 머리를 까닥까닥 흔들며 몇 번인가 멜로디에 박자를 맞추다가 갑자기 고개를 들어 바라보고 어디서 음악이 들려오는지 알아차렸다. 그녀가 소리를 약간 낮추며 물었다.

"거기 건너편에 누가 계세요?"

그도 나직한 소리로 대답했다.

"피혁집 직공입니다. 아가씨가 주무시는 데 방해할 의도는 없었습니다. 그냥 조금 고향 생각이 나서 한 곡조 불렀습니다. 하지만 명랑한 곡조도 부를 수 있어요. 그런데 아가씨도 혹시 여기가 타향인가요?"

"슈바르츠발트*에서 왔어요."

"아, 슈바르츠발트요! 저도 그렇습니다. 그럼 우린 동향 사람들이군요. 이곳 레히슈테텐이 마음에 드나요? 저는 별로 좋은 줄 모르겠는데."

"아이, 뭐라고 말할 수 없어요. 여기 온 지 이제 겨우 1주일

---

* 독일 남서부의 라인강 동쪽 지대에 위치한 아름다운 삼림 지대. 삼림이 워낙 울창해서 '슈바르츠발트(흑림)'으로 불린다. 온천과 호수가 있는 관광 휴양지다.

된 걸요. 하지만 저도 그렇게 좋은 것 같지는 않아요. 선생님은 오신 지가 오래되었나요?"

"아니요, 사흘째입니다. 그런데 동향 사람이니까 서로 너무 존대하는 건 그만두고 말을 놓는 것이 어떨까요. 괜찮지요?"

"아뇨. 저는 그렇게 할 수 없어요. 서로 전혀 알지도 못하는 사이인데요."

"지금은 서로 모르지만 차차 알게 되겠지요. 산과 골짜기라면 서로 가까워질 수 없겠지만, 우리는 사람들끼리니까요. 그런데 아가씨가 살던 곳은 어디입니까?"

"이야기해도 모르실 거예요."

"알지도 모르잖아요? 아니면 비밀입니까?"

"아흐트하우젠이에요. 그냥 작은 마을이죠."

"하지만 아름다운 곳이지요, 그렇죠? 그 마을 앞쪽 한끝에 예배당이 있죠? 그리고 방앗간이던가 아니면 제제소이던가, 그것도 하나 있죠? 또 누렇고 큰 베른하르트 개가 한 마리 살았는데요. 맞습니까, 아니면 틀렸습니까?"

"어머나, 벨로 말이군요, 맞아요!"

그녀는 크눌프가 자기 고향을 알 뿐만 아니라, 정말로 그곳에 갔었다는 것을 알게 되자 의심도 상당 부분 사라지고 우울했던 마음도 가시면서 기분이 아주 좋아졌다. 그녀가 급히 물었다.

"안드레스 플리크라는 분도 아세요?"

"아니요, 저는 그곳에 아는 사람이 아무도 없습니다. 그런데 그분이 아가씨 아버지신가요, 맞죠?"

"네."

"아, 그렇군요. 그러면 아가씨는 플리크 양이시군요. 성은 알았으니 이제 이름까지 안다면 제가 다시 아흐트하우젠으로 가게 되면 엽서라도 한 장 써 보낼 텐데요."

"그러면 벌써 여기를 다시 떠나시려는 거예요?"

"아뇨. 떠나고 싶지는 않습니다만 이름을 좀 알고 싶어서죠, 플리크 양."

"아이, 어쩜. 저도 선생님의 이름을 모르는데요."

"미안합니다, 알려드리지요. 카를 에벨하르트라고 합니다. 혹시 우리 낮에라도 다시 만나게 되면, 아가씨는 제 이름을 알아서 부르겠지만 저는 아가씨를 뭐라고 부르죠?"

"바르바라예요."

"이젠 됐어요. 고맙습니다. 그런데 발음하기가 어렵군요. 아가씨 이름 말이에요. 아마 집에서는 베르벨레라 불렀겠죠? 어때요, 내기할까요?"

"그래요, 그렇게도 불러요. 뭐든지 이미 잘 알고 계시면서 왜 자꾸 많이 물어보세요? 그런데 이제 쉬셔야겠군요. 그럼 안녕히 주무세요."

"잘 자요, 베르벨레 아가씨! 편안히 주무시도록 한 곡조 더 불러드리겠습니다. 도망가지 마세요. 돈은 받지 않으니까요."

곧이어 그는 휘파람을 불기 시작했다. 기교가 많은 요들송으로, 이중음과 떨림음이 섞인 무도곡처럼 밝고 명랑한 곡이었다. 여자는 이 기교가 풍부한 곡에 감탄하여 열심히 귀 기울여 들었다. 그리고 곡이 끝나자 그녀는 창의 덧문을 가만히 안쪽으로 끌어당겨 닫았다.

크눌프는 촛불도 켜지 않은 채 홀로 자기 방으로 들어갔다.


이튿날 아침 크눌프는 다른 사람들처럼 이른 시간에 일어나 로트푸스의 면도칼을 꺼내 사용하려고 했다. 그러나 집주인은 몇 해 전부터 얼굴 아래로 온통 수염을 기르고 있어서 면도칼은 사용하지 않고 그냥 보관해 둔 모양이었다. 크눌프는 그것을 반 시간 동안이나 혁대에 문지르고 나서야 면도가 가능했다. 면도가 다 끝나자 그는 겉저고리를 걸친 후 장화를 손에 들고 부엌으로 내려갔다. 부엌은 따뜻했고 벌써 커피 끓는 냄새가 났다.

크눌프는 로트푸스 부인에게 솔과 구두약을 빌려 달라고 부탁했다. 그녀가 소리쳤다.

"아이 어쩌면! 그런 건 남자가 하는 일이 아녜요. 제가 하게 해 주세요."

그러나 크눌프가 그건 안 된다고 허락하지 않자, 결국 그녀는 어색한 웃음을 지으며 구두 닦는 도구를 그의 앞에 내놓았다. 그는 아주 열심히 구석구석 깨끗이 닦았다. 마치 재미삼아 하듯이 기분 내키는 대로 약간씩 닦다가 이윽고 정성들여서 기쁘게 제대로 일하듯이 닦아 내는 것이었다.

"참 잘 닦으시는 것이 마음에 드네요. 번쩍번쩍하는데요. 지금 당장 애인이라도 만나러 가시려는 건가요?"

그녀는 칭찬하면서 그를 바라보았다.

"오, 그럴 수 있다면 저도 얼마나 좋겠습니까."

"그러실 것 같은데요. 틀림없이 아름다운 애인이 있으실 거예요. 그것도 아마 한 분이 아니시겠죠?"

여자는 다시 집요하게 말하며 웃었다. 크눌프는 쾌활한 말투로 꾸짖듯이 말했다.

"아니, 천만에요. 그래서는 안 되죠. 예쁜 아가씨 사진을 보여드릴 수는 있습니다."

그녀는 호기심이 일어서 가까이 다가왔다. 크눌프는 겉저고리 앞가슴 안주머니에서 지갑을 꺼내 두제의 사진을 빼어들었다. 부인은 그 사진을 흥미롭게 쳐다보더니 조심스럽게 칭찬하기 시작했다.

"아주 미인이네요. 품위가 있는 여성이에요. 다만 좀 호리호리해 보이는데, 물론 건강하겠죠?"

"내가 아는 바로는 그렇습니다. 그런데, 주인양반을 봐야겠습니다. 방에 있는 소리가 나는데요."

그렇게 말하고 크눌프는 건너편 방으로 가서 피혁공 친구에게 아침 인사를 했다. 거실은 청소가 잘 되어 있었다. 밝은 색 판자의 벽에 시계와 거울이 잘 정돈되어 걸려 있고, 몇 장의 사진 액자가 친밀하고 아늑한 가정의 분위기를 만들어 주었다. 크눌프는 겨울에는 이런 깨끗한 방에 있는 것도 나쁘지 않겠다는 생각이 들었다. 그러나 이런 것을 위해 결혼하는 것은 그다지 보람 있는 일로 생각되지 않았다. 부인이 보여 주는 호의가 크눌프에게는 별로 달갑지 않았던 것이다.

밀크커피를 마신 후에 크눌프는 로트푸스를 따라 뜰로 나가서 헛간으로 갔다. 그곳 작업장에서 무두질에 관한 모든 일을 안내받았다. 크눌프는 거의 모든 수공업에 대해 알고 있었기에 마치 전문가 같은 질문들을 던졌다. 친구는 깜짝 놀라며 활달하게 물었다.

"대체 어디서 그런 것을 다 배워 알고 있나? 다들 자네를 피혁공이거나 예전에 피혁공이었을 거라고 생각하겠어."

"여행을 하다 보면 온갖 것을 다 배우기 마련이지."

그렇게 크눌프는 적당히 대답하고 이어 말했다.

"게다가 무두질은 자네가 내 선생이었잖나. 기억 안 나나? 육칠 년 전에, 우리가 함께 여행을 다닐 때 자네가 그 모든 것을 내게 이야기해 주었지 않은가."

"자네는 그걸 여태 하나도 잊지 않고 다 기억하고 있단 말인가?"

"그냥 조금은 기억하네, 로트푸스. 그런데 이제 자네 일을 방해하고 싶지는 않군. 미안하네. 자네를 기꺼이 좀 도와주고 싶지만, 이곳이 너무 축축하고 답답해서 기침이 아주 많이 난단 말이야. 그럼 일하게, 친구. 비가 오지 않으니까 나는 시내에 좀 다녀오겠네."

크눌프는 집을 나서자 갈색 펠트 모자를 뒤로 좀 비스듬히 눌러 쓰고서 피혁공 집의 옆길을 천천히 지나 시내 방향으로 걸었다. 로트푸스는 문 앞까지 나와서 가볍게 마치 즐기는 듯이 걷는 크눌프의 뒷모습을 바라보았다. 아주 깨끗이 솔질해 닦은 구두가 빗물이 고인 웅덩이를 이리저리 피해서 걷고 있었다.

"정말, 행복한 친구야."

피혁공 로트푸스는 약간 부러운 느낌이 들었다. 그리고 자신의 헛간 작업실로 들어가면서 이 괴상한 친구를 생각하고 있었다. 인생에서 단지 관찰자 이상을 바라지 않는 이 친구. 그것을 과욕이라고 해야 할지 겸허한 것이라고 해야 할지 로트푸스는 알 수가 없었다. 열심히 일해서 기반을 닦아 나간 사람이 사실 여러 면에서 그보다 나을 것이다. 그러나 그 대신 결코 그와 같은 부드럽고 아름다운 손을 가질 수 없고, 가볍고 산뜻한 걸음으로 걸어 다닐 수도 없을 것이다.

아니, 크눌프는 제 성격대로 살며 저 하고 싶은 대로 하는 것이 옳았다. 그가 어린애같이 말하며 모든 사람들에게 호감을 살 때 그런 그를 흉내 낼 수 있는 사람은 별로 없었다. 그는 아가씨들과 부인들에게 아름다운 이야기를 들려주고 매일을 일요일같이 즐겁게 지내고 있었다. 그가 하는 대로 내버려 둘 수밖에 없는 것이다. 그리고 그가 몸이 좋지 않아서 휴식처를 찾을 때면, 사람들은 그를 받아주고 돌보아 주는 것을 즐겁고 명예로운 일로 여겼다. 또한 사람들은 그가 오면 집안이 즐겁고 밝아졌기에 오히려 그에게 감사했다.

한편 로트푸스의 손님인 크눌프는 호기심에 끌려 즐거운 듯이 시내를 향해 걷고 있었다. 군대행진곡을 휘파람으로 흥얼거리며 서두름 없이, 전부터 아는 장소들과 아는 사람들을 찾아가고 있었다. 그는 먼저 시내 외곽의 가파른 고개를 올라가 그 끝에 있는 가난한 양복 수선 가게를 찾아갔다.

그 가게 주인은 한때 실력도 있었고 장래 희망도 있었으며 좋은 데서 일도 했다. 그러나 지금은 유감스럽게도 새 양복은 거의 주문 받지 못하고 헌 바지 따위를 수선하는 일을 했다. 그는 결혼을 일찍 해서 이미 어린애가 여럿이었는데, 그 부인은 집안을 알뜰히 꾸려나가는 소질이 별로 없었다.

크눌프는 재봉사 슐로테르베크를 도시 외곽 끝의 어느 건물 4층에서 찾아냈다. 그 건물은 골짜기 쪽을 향해 서 있어서, 작은 작업장은 마치 바닥이 없는 허공에 매달려 있는 새장 같았다. 그래서 창을 통해 아래를 수직으로 내려다보면, 바로 밑의 3층뿐만 아니라 집 밑의 작은 정원과 풀밭 언덕이 아래쪽으로 아주 가파르게 사라지는 것처럼 보였다. 그리고 그 끝에는 뒤채의 처마와 양계장, 염소와 토끼를 기르는 우리가 잿빛으로 복잡하게 뒤섞여 있는 것이 내려다보였다. 바로 이웃에 있는 집들의 지붕도 이 황폐한 지대 저쪽 끝의 골짜기 안으로 깊숙이 들어가 조그마하게 보였다.

그래도 수선 가게는 햇빛도 잘 들고 바람도 잘 통하고 있었다. 부지런한 슐로테르베크는 창가의 넓은 탁자 위에 몸을 굽히고 앉아 일하고 있었는데, 마치 등대 속에 앉아 밝고 높은 데서 세상을 내려다보는 등대지기의 모습처럼 보였다. 크눌프는 안으로 들어서면서 말했다.

"안녕하십니까, 슐로테르베크!"

주인은 햇빛에 눈이 부셔 실눈을 뜨고 문 쪽을 살폈다.

"이런, 크눌프가 아닌가!"

그는 반가워서 안색이 환해지며 손을 내밀었다.

"또 이 지방에 왔나? 그런데 여기까지 나를 찾아 올라오다니, 대체 무슨 일인가?"

크눌프는 세발 의자를 하나 끌어다가 놓고 앉았다.

"바늘과 실을 좀 빌려 주게. 갈색 실로, 아주 좋은 것을 줘야 하네. 옷을 좀 수선해 보려고."

그러면서 그는 겉저고리와 조끼를 벗었다. 그리고 받은 실을 한 가닥 찾아내어 바늘에 꿰더니, 옷을 여기저기 잘 살폈다. 옷은 아직도 아주 괜찮아 새것이나 다름없어 보였다. 그는 곧 손끝을 부지런히 움직여 닳아진 곳과 실밥이 늘어난 곳, 반쯤 풀어진 단추들을 일일이 다시 제대로 고쳐 놓았다.

"그런데 어떻게 지내고 있나?"

슐로테르베크가 묻고는 이어서 말했다.

"지금 같은 계절은 날씨가 별로 좋지 않지. 그래도 몸이나 건강하든가 가족이라도 있다면 모르지만."

크눌프는 못마땅하다는 듯이 헛기침을 하고는 무관심한 듯이 말했다.

"그래, 그렇겠지. 하나님은 의로운 사람이나 의롭지 않은 사람에게나 모두 비를 내려 주시는데, 자네 같은 재단사들만 여전히 메마른가 보군. 자네는 아직도 불평할 게 있는가, 슐로테르베크?"

"아니, 크눌프. 무슨 말을 하려는 건 아니네. 하지만 옆에서 떠드는 저 애들 소릴 좀 들어보게. 이제 다섯 명이지. 그래서 밤새도록 앉아서 일해도 어디 하나 나아지는 게 없어. 자네는 하는 일 없이 이리저리 쏘다닐 수 있으니 팔자 좋군."

"잘못 짚었네, 친구. 나는 사오 주일 동안 노이슈타트의 병원에 누워 있었다네. 그곳은 꼭 필요한 기간만 입원시키지, 그 이상 오래 입원시키지 않아. 하기야 거기서 오래 입원해 있으려는 사람도 없지만. 하나님이 일하시는 방법은 경이롭단 말이야, 슐로테르베크 친구."

"아니, 그런 격언은 그만두게."

"자네는 한 번도 신앙심이 없었나, 허? 나는 막 이제부터 신앙심을 가지려고 하는데. 그래서 자네를 찾아온 것이네. 어찌된 일인가, 이 사람 슐로테르베크."

"신앙심에 관해선 말 말고 나를 가만두게! 병원에 입원해 있었다고? 그거 참 안됐네."

"괜찮아. 이미 지나간 일이니까. 그건 그렇고, 이제 한번 얘기해 보게. 지라흐가 쓴 잠언서와 계시에 관해서 말일세. 자네 아나? 병원에 있을 때 시간도 있고 또 거기에 성경책도 하나 있더군. 그래서 그것을 거의 다 읽어 보았다네. 이젠 자네와 대화를 더 잘 나눌 수 있게 되었어. 그 참 묘한 책이더군, 성경 말일세."

"자네 말이 옳아, 묘하지. 그러나 절반은 거짓말이 틀림없어. 앞뒤가 하나도 안 맞거든. 자네는 아마 나보다 더 잘 이해하겠지. 라틴어 학교에 다닌 적이 있으니까 말이야."

"거기서 기억에 남은 것은 별로 없는데."

"이보게, 크눌프……."

재봉사는 열려 있는 창문 밖으로 침을 뱉고는, 계곡 밑으로 떨어지는 침을 눈을 크게 뜨고 씁쓸한 얼굴로 내려다보았다.

"크눌프. 신앙심이란 아무것도 아니야, 알겠나? 아무것도 아니라고. 난 그런 것에는 야유를 보내네. 분명히 말하네만 나는 그런 것은 경멸한단 말일세!"

방랑자 크눌프는 생각에 잠겨 그를 바라보았다.

"글쎄, 그건 너무 지나친 말 같군, 친구. 내가 보기에는 성경에 아주 지혜로운 말들이 쓰여 있던데."

"그래, 하지만 조금만 더 뒷장을 펼쳐 보면 언제나 어딘가 그와 반대되는 말이 나오지. 아니, 난 그런 얘긴 그만하겠네. 그 문제는 그만하지."

그때 크눌프는 일어서서 다리미를 손에 들고 있었다.

"이 속에 숯 몇 개만 넣어 줄 수 있겠나?"

그가 주인에게 부탁했다.

"대체 또 뭘 하려고 그러나?"

"조끼를 좀 다려야겠네. 비 온 뒤라서 모자도 좀 다리는 게 좋겠지."

슐로테르베크는 다소 짜증을 내며 소리쳤다.

"언제나 세련된 멋쟁이군! 백작같이 멋은 부려봤자 무슨 소용이 있나? 그래봤자 배를 쫄쫄 곯는 주제에!"

크눌프는 조용히 미소를 지었다.

"그렇게 하면 보기도 좋고 또 내가 기쁘니까. 그러니까 진정한 마음으로 해 줄 생각이 없다면, 그냥 호의로 옛 친구의 사정을 봐서 해 주게. 괜찮지?"

재봉사는 문밖으로 나가더니 곧 뜨거운 다리미를 가지고 돌아왔다.

"아주 좋군. 고맙네."

크눌프는 칭찬의 말을 하고는 조심스럽게 펠트 모자의 챙을 다리기 시작했다. 그러나 바느질처럼 능숙하지는 못했다. 재봉사가 크눌프의 손에서 다리미를 빼앗아서 직접 다리기 시작했다.

"야! 정말 마음에 드는데!"

크눌프는 고마워했다.

"이제 다시 일요일에 쓸 만한 좋은 모자가 됐군. 그런데 이 보게, 재봉사 친구. 성경에 대해 자네는 너무 기대가 크네. 무엇이 참된 것이냐, 인생이란 어떻게 정해져야 하느냐 같은 문제는 각자가 생각해서 알아내야지, 책에서 배울 수 있는 게 아니야. 그게 내 생각이라네. 성경은 오래됐어. 요즘에 와서 우리가 다 잘 알고 있는 일들을 옛날 사람들은 아직 모르는 경우가 많았으니까 성경에서 많이 배웠겠지. 하지만 그래서 오히려 아름다운 것, 훌륭한 것, 참된 것이 그 안에 많이 쓰여 있다고 할 수 있단 말일세. 성경에는 아름다운 그림책 같은 장면들이 여기저기 있단 말이야. 자네도 알지 않나. 젊은 처녀 룻이 밭에 나가 남은 이삭을 줍는 장면 같은 건 얼마나 아름다운가. 또 성경에는 아주 아름답고 뜨거운 여름 풍경이 느껴지는 장면도 있지. 아니면 구세주가 어린애들을 마주하고 앉아, 교만한 어른들 모두를 합친 것보다 너희들이 훨씬 더 사랑스럽다고 생각하는 장면도 있고. 난 거기서는 그가 옳다고 생각하네. 그런 점으로 보더라도 그에게서 배울 것이 있어."

"그래, 그럴 수 있지."

슐로테르베크는 인정했다. 그러면서도 크눌프의 말이 옳다고 생각하려 들지 않았다.

"남의 애들을 두고 그렇게 말하는 건 쉽지. 그러나 애들이 다섯이나 되는데 그 애들을 어떻게 먹여 살려야 할지 막막한 형편이 되어 보게."

그는 다시 짜증을 내며 괴로운 얼굴빛으로 변했다.

크눌프는 차마 그의 모습을 그냥 바라볼 수가 없었다. 떠나기 전에 그에게 뭔가 좋은 말을 하나 해 주고 싶었다. 그래서 잠시 생각에 잠겼다. 그런 다음 재봉사에게 허리를 굽혀 눈을 맑게 떠 진지하게 그의 얼굴을 가까이 보면서 나직이 말했다.

"그래, 그럼 자네는 자네 아이들이 귀엽지 않은가?"

재봉사는 깜짝 놀라며 눈을 크게 떴다.

"그야 물론 사랑스럽지. 자네 무슨 생각을 하는가! 애들을 사랑하고말고. 특히 큰애를 무척 사랑한다네."

크눌프는 그럴 줄 알았다는 듯 진지하게 고개를 끄덕였다.

"난 이제 가야 해, 슐로테르베크. 참 고마웠네. 조끼가 갑절이나 가치 있게 되었어. 그리고 자네는 아이들을 사랑하며 재미있게 살아야 하네. 그것으로도 벌써 절반은 산 보람이 있는 것이지. 잘 듣게, 자네에게 해 줄 말이 있어. 아무도 모르는 일이니 자네, 굳이 딴 사람에게 말할 필요는 없네."

슐로테르베크는 그의 맑은 눈을 유심히 보았으나 그것이 몹시 심각한 빛을 띠자 눈을 돌렸다. 이번에는 크눌프가 너무 작게 말해서, 재봉사는 간신히 그의 말을 알아들었다.

"나를 보게! 자네는 내가 가족도 없고, 자식도 없어서 편안하고 걱정도 없을 거라고 부럽게 생각하지! 그러나 내게는 아들이 하나 있네. 두 살 된 어린아이인데, 지금 낯선 사람들 손에서 자라고 있다네. 아빠가 누군지도 모르고, 엄마는 애를 낳자마자 곧 죽어 버렸으니까. 그 애가 어느 도시에 있는지 자네에게 말할 수는 없지만 나는 알고 있다네. 그래서 그곳으로 갈 때면 나는 그 집 주위를 돌다가 근처 울타리 밑에서 기다리곤 하지. 운이 좋으면 그 애를 보지만, 손목도 못 잡아 보고 입맞

춤도 해 주지 못하네. 기껏해야 그 근처를 지나가면서 휘파람이나 불어 주지. 그래, 그렇다네. 이제 나는 가겠으니 잘 있게. 자네, 아이들이 있다는 것을 기뻐해야 하네!"

*　　*　　*　　*　　*

크눌프는 시내의 거리를 계속 걸었다. 어떤 선반 공장에 이르자 창가에서 잠시 잡담을 하면서 둘둘 말린 대팻밥이 빠르게 떨어지는 것을 바라보았다. 또 길에서 만난 경관에게 인사를 건네자, 경관은 호의적으로 버드나무로 만든 담뱃갑에서 담배를 꺼내어 코로 맡아 보라고 권했다.

크눌프는 여기저기 들러 가정을 가진 사람들이 사는 모습과 장사의 실정에 대해 크고 작은 이야기들을 들었다. 시청 회계관의 부인이 일찍 죽은 이야기며, 시장의 방탕한 아들에 관한 소식도 들었다.

크눌프는 그 대신 다른 지역들의 새 소식을 들려주었다. 그는 자신을 이 도시에 사는 사람들 그리고 명망 있는 사람들과 아는 사람으로서, 친구로서, 동지로서, 미약하지만 기분 좋게 맺어 준 인연을 조금은 기쁘게 생각하고 있었다.

그날은 토요일이었다. 크눌프는 어느 양조장에 들렀다가 문간에 서 있는 술통 만드는 직공들에게 오늘 저녁이나 내일 무도회가 열리는 데가 있는지 물었다. 몇 군데를 알아냈는데, 제일 멋진 무도회는 반 시간가량 걸어가면 나오는 게르텔핑겐이라는 곳의 '사자' 회관에서 열린다고 했다. 크눌프는 거기로 옆집의 젊은 베르벨레를 데리고 가야겠다고 마음먹었다.

얼마 안 지나 점심때가 되었다. 크눌프가 로트푸스의 집 계단을 올라가고 있는데 부엌에서 맛있는 냄새가 강하게 코를 찔렀다. 그는 걸음을 멈추고 어린애같이 기뻐하며, 호기심 어린 코를 벌름거리면서 향기로운 냄새를 맡았다. 하지만 매우 조용히 돌아왔는데도 이미 그가 오는 소리가 들렸던 모양이다. 친구 부인은 부엌문을 열고 김에 싸인 얼굴을 불빛이 환한 문 쪽에 내밀며 다정스럽게 서서 아주 반갑게 말했다.

"안녕하세요, 크눌프 씨! 때맞춰 돌아오시니 잘 되었어요. 오늘은 간 완자 수프를 하고 있는데요. 선생님이 좋아하신다면 특별히 간 한 조각을 구워 드릴까 해서요. 어떠세요?"

크눌프는 턱을 쓸어내리고는 기사처럼 점잖은 동작을 취하며 말했다.

"저런, 어떻게 제가 그런 특별한 음식을 대접 받겠습니까. 저는 수프만으로도 기쁩니다."

"아이, 무슨 말씀이세요. 앓고 난 사람은 제대로 몸조리를 잘해야 해요. 안 그러면 어떻게 기력이 생기겠어요. 혹시 간 요리를 싫어하시나요? 그런 사람들도 있으니까요."

그는 은근하게 웃었다.

"아, 저는 그런 사람은 아닙니다. 간 요리 한 접시면 일요일에 먹는 성찬이지요. 저는 살면서 일요일마다 그걸 먹을 수 있다면 아주 만족할 겁니다."

"저희 집에 머무시는 동안에는 불편한 것이 있어서는 안 돼죠. 제가 무엇 때문에 요리를 배웠겠어요! 간이 조금 남아서 선생님 드리려고 두었으니 어떻게 요리하는 것이 좋은지 지금 말씀해 주세요. 몸에 좋을 겁니다."

그녀는 가까이 다가오더니 그의 기분을 살려 주려는 듯 미소를 지어 보였다. 크눌프는 그녀가 무슨 생각을 하는지 잘 읽었지만 아무것도 모르는 척했다. 가난한 재봉사가 다려 준 멋진 모자를 손에 쥐고 만지작거리며 옆을 바라보았다.

"고맙습니다. 부인, 신경을 써 주셔서 정말 고맙습니다. 하지만 완자 수프를 정말 더 좋아합니다. 이미 너무 지나친 대접을 받고 있군요."

그녀는 미소를 지으며 집게손가락으로 그를 꾹 찔렀다.

"그렇게 수줍어하실 건 없어요. 전 선생님 말씀 안 믿어요. 아, 간 요리라고요! 그럼 제대로 양파도 좀 넣고 만들어 드릴게요. 괜찮겠죠?"

"저야 거절할 수 없지요."

그녀가 뭔가 잊은 게 생각난 듯 걱정스레 화덕으로 달려가

자, 크눌프는 이미 식사 준비가 된 방에 들어가 앉아서 어제 날짜의 주간신문을 읽었다. 곧 로트푸스가 돌아왔고, 수프가 들어오자 식사가 시작되었다.

식사가 끝난 후 셋이서 15분쯤 카드놀이를 했다. 크눌프는 카드를 가지고 새롭고 대담하고 우아한 카드 요술을 보여 부인을 놀라게 했다. 장난하듯 카드를 천천히 섞다가 전광석화처럼 빨리 다시 맞추기도 했다. 또 세련된 솜씨로 카드 패를 식탁 위에 던지기도 하고, 엄지손가락으로 이따금 카드 끝을 쓰다듬기도 했다.

피혁공 로트푸스는 노동을 하는 시민이 밥도 안 생기는 이러한 유희를 관대하게 보아준다는 듯이 놀란 눈으로 바라보고 있었다. 그러나 부인은 사교계의 처세술 같은 이런 기술에 능한 크눌프의 모습을 매우 즐겁게 지켜보았다. 그녀의 시선은 크눌프의 길고 부드러우며 어떤 힘든 노동도 한 적이 없는 손을 유심히 바라보고 있었다.

작은 유리창을 통해 엷고 흐릿한 햇빛이 흘러들며 방 안과 카드 위에 비치더니 마룻바닥 위에서 변덕스럽게 유희하며 희미한 그림자를 던지고 있었다. 그런가 하면 파란색 회칠을 한 방 천장에 빙빙 돌며 반사되어 흔들렸다.

크눌프는 빛에 눈이 부신 듯 눈을 가늘게 뜨고 이 모든 것을 관찰했다. 2월의 햇빛이 펼치는 유희, 집 안의 고요한 평화로

움, 친구인 수공업자의 진지하고 부지런한 표정, 아름다운 부인의 베일에 싸인 듯 의미 있는 시선.

그러나 이 모든 것이 마음에 들지 않았다. 이런 것들은 그에게 어떤 목적이나 행복을 주지 못했다. 만일 자신이 건강하기만 하고 춥지 않은 여름이라면 이곳에 잠시도 머물러 있지 않았을 거라고 생각했다.


그래서 로트푸스가 카드를 모으며 시계를 쳐다볼 때 이렇게 말했다.

"나는 햇볕이나 조금 쪼이러 나가야겠네."

그는 로트푸스와 함께 계단을 내려가 로트푸스를 피혁 건조실에 남겨 두고 인적 없는 좁은 잔디밭 쪽으로 사라졌다. 잔디밭에는 무두질에 사용되는 수액통들이 있었는데, 띄엄띄엄 끊기면서 아래 작은 시냇가까지 이어져 있었다. 로트푸스는 그곳에서 가죽을 씻을 수 있도록 조그마한 판자다리를 설치해 놓았다.

크눌프는 그 다리 위에 앉아 소리 없이 빠르게 흐르는 물 위에 구두 밑바닥이 거의 닿도록 발을 내려뜨렸다. 발밑에서 검은 빛의 물고기들이 빠르게 지나쳐가는 것을 재미있게 바라보았다. 그리고 호기심을 가지고 그 부근을 살펴보기 시작했다. 간밤에 본 건너편 집의 젊은 하녀와 이야기할 기회를 찾으려는 생각에서였다.

두 집의 정원은 서로 맞닿아 있는데 망가진 목책이 담장 역할을 했다. 그 아래 강가에 닿아 있는 목책은 썩어 없어져 버려서, 방해받지 않고 한쪽 정원에서 다른 쪽으로 자유롭게 오갈 수 있었다. 피혁공 집 정원이 황폐한 데 비해 옆집 정원은 좀 더 많이 돌보고 가꾼 것 같이 보였다. 화단은 네 줄로 되어 있는데, 겨울 동안 내버려둔 듯 풀에 뒤덮이고 허물어져 있었다. 겨울을 보낸 상추와 시금치가 화단 양쪽에 듬성듬성 흩어져 있다. 작은 장미 나무 몇 그루가 머리를 땅에 숙이고 서 있고 화관은 땅에 박혀 있었다. 그리고 아름다운 가문비나무 몇 그루가 서 있어 집을 가리고 있었다.

크눌프는 낯선 이웃 정원을 엿본 뒤에 가문비나무 쪽으로 소리가 나지 않게 사뿐사뿐 걸어갔다. 나무들 사이로 집이 보였다. 뒤꼍에 부엌이 있었는데, 얼마 기다리지 않아 그는 부엌에서 소매를 걷고 일하고 있는 처녀를 발견했다. 여주인이 옆에 서서 이것저것 많이 명령하면서 가르치고 있었다. 여주인은 일에 능숙한 하녀를 고용해 돈을 많이 지불하지 않으려고 해마다 어린 여자아이를 새로 쓰면서 칭찬 같은 것을 할 줄 모르는 부류의 여성같이 보였다. 그러나 여주인의 지시하고 불평하는 목소리에 악의가 섞여 있는 것 같지는 않았고, 처녀도 그런 것에 이미 익숙해졌는지 개의치 않고 침착한 얼굴로 차분하게 일하는 것 같았다.

침입자는 나무 둥치에 기대서서 머리를 앞으로 내밀고 사냥꾼같이 호기심과 주의를 기울이며 살폈다. 그에게 있어서 시간이 가는 것은 문제가 되지 않았으므로 기꺼이 인내를 갖고 귀를 기울이고 있었다. 그는 삶의 관찰자나 방청자 노릇에 익숙했다. 그 처녀의 모습이 창문을 통해 나타날 때마다 그는 그것을 바라보는 것이 기뻤다. 여주인은 말투로 보아 레히슈테텐에서 태어난 사람이 아니라, 이곳에서 몇 시간 걸리는 저 위 산골 출신이라는 것을 알 수 있었다. 크눌프는 향기 나는 가문비나무 가지를 물고 아작아작 씹으면서 여주인의 모습이 사라져 부엌이 조용해지기까지 반 시간, 아니 한 시간 동안이나 가만히 엿듣고 있었다.

크눌프는 부엌이 조용해진 후에도 잠시 기다렸다가 조심스럽게 걸어가서 마른 나뭇가지로 부엌 창문을 두드렸다. 처녀가 눈치를 채지 못한 것 같아서 그는 두어 번 더 두드렸다. 그러자 처녀가 반쯤 열려 있는 창문으로 다가와 문을 활짝 열어젖히고 바깥을 살폈다.

"어머나, 대체 거기서 뭘 하시는 거예요? 방금 정말 깜짝 놀랐어요."

그녀는 반쯤 숨을 죽이고 나직하게 말했다.

크눌프가 미소를 지으며 대답했다.

"놀라지 마십시오! 어떻게 지내시는지 보고, 그냥 한 번 인사도 드리고 싶어서 왔습니다. 그리고 오늘이 토요일이니까, 혹시 내일 오후에 함께 산책을 갈 시간이 있으신지도 알고 싶고요."

처녀는 그를 가만히 바라보며 고개를 저었다. 그러나 크눌프가 낙담한 표정을 짓자, 그것을 본 그녀의 마음도 슬퍼졌다.

"안 돼요. 내일 오전에는 교회에 가야 해서 시간이 나지 않아요."

그녀는 우울한 마음으로 말했다.

"아, 그렇군요. 그러면 혹시 오늘 저녁에는 같이 나갈 수 있지 않을까요?"

크눌프는 중얼거리듯 말했다.

"오늘 저녁에요? 지금부터 일은 없습니다만 편지를 쓰려고 하는데요. 고향 집에 있는 가족에게요."

"아, 그래요, 한 시간쯤 늦게 써도 괜찮지 않겠어요. 편지는 아무래도 오늘 밤에 가지는 않을 테니까요. 아십니까, 당신과 다시 한 번 이야기할 수 있을 거라는 생각에 진즉부터 기뻤습니다. 오늘 저녁에 우박이 내리지 않으면 함께 멋진 산책이라도 할 수 있을 거라고 생각했는데요. 괜찮겠습니까, 제 말대로 하세요. 저를 두려워할 필요는 없을 겁니다!"

"두려움 같은 건 조금도 없어요. 특히 선생님에 대해서요.

그러나 남자와 함께 산책하는 걸 누가 보면 어떻게 해요."

"하지만 베르벨레 양, 여기서는 당신을 아는 사람도 없지 않아요. 게다가 무슨 죄를 짓는 것도 아니고요. 아무도 관심을 두지 않을 겁니다. 그리고 여학생도 아닌데 무슨 상관이 있습니까? 괜찮지요? 그럼, 잊지 마세요. 8시에 저 아래 광장 옆의 우시장 목책이 있는 체육관 앞에서 기다리겠습니다. 아니면 제가 좀 더 일찍 오는 것이 좋을까요? 저는 그렇게 할 수 있습니다만."

"아니, 아녜요. 더 빠르면 안 돼요. 나갈 수 없어요. 안 돼요. 선생님은 오시지 마세요. 그렇게 할 순 없어요. 저는 안 돼요⋯⋯."

크눌프는 다시 어린애 같은 슬픈 표정을 지어 보였다.

"네, 당신이 정 원하지 않으신다면 할 수 없죠!"

크눌프는 슬픈 목소리로 말을 이었다.

"저는 이렇게 생각했습니다. 당신은 낯선 이곳에 아는 사람도 없이 혼자라서 외로울 것이고, 종종 고향 생각이 날 거라고요. 저 또한 그런 처지라서, 잠시 서로 이야기라도 나눌 수 있었으면 했지요. 아흐트하우젠 얘기라도 기꺼이 듣고 싶었습니다. 그곳에는 저도 한 번 갔던 일이 있으니까요. 네, 억지로 강요할 수는 없지요. 저를 나쁘게는 생각하지 마십시오."

"아이, 나쁘게 생각하다니요! 하지만 전 그냥 나갈 수 없어요."

"오늘 저녁은 시간이 나도 못 나온다는 것이겠죠, 베르벨레? 혹 다시 한 번 생각해 볼 수는 있겠지요. 자, 이제 전 가야겠습니다. 오늘 저녁에 체육관 앞에서 기다리겠습니다. 만약 오시지 않으면 저 혼자 걸을 겁니다. 당신을 생각하면서, 지금쯤 아흐트하우젠으로 편지를 쓰고 있겠지 하고 생각할 겁니다. 그럼, 안녕히 계세요. 나쁘게 생각하지는 마십시오!"

크눌프는 잠깐 머리를 끄덕이고는 훌쩍 가 버렸다.

그녀는 말할 틈도 없었다. 나무들 뒤로 멀어지는 그의 뒷모습을 바라보며 그녀는 당황한 표정을 지었다. 그러다가 여자는 다시 일을 시작했다. 그러면서 갑자기 소리 높여 아름다운 노래를 부르기 시작하였다.

그 노래는 크눌프의 귀에도 잘 들렸다. 크눌프는 돌아와 피혁공이 놓은 다리 위에 다시 앉아서 아까 식사할 때 조금 주머니에 넣어 두었던 빵 조각으로 작은 알맹이들을 만들었다. 그 빵 알맹이들을 하나하나 연달아 얕은 물에 던지며 가라앉는 것을 생각에 잠겨 바라보았다. 그것들이 잠시 물결에 휩쓸리다가 어두운 물속으로 가라앉았다. 마치 고요한 유령 같은 물고기들이 다가와서 삼켜 버리는 것이었다.


저녁 식사 때 로트푸스가 말했다.

"자! 토요일 저녁이군. 한 주일 내내 열심히 일한 사람에겐 토요일이 얼마나 멋진 건지 자네는 결코 모를 걸세."

"이런, 나도 잘 알고 있네."

크눌프가 미소를 지으며 말했다. 부인도 같이 웃으며 장난기 어리게 그의 얼굴을 쳐다보았다. 로트푸스는 한껏 들뜬 목소리로 말을 계속했다.

"오늘 저녁에 함께 맥주나 한 잔 하세. 당신, 어서 가서 좀 가져오구려. 괜찮겠지? 그리고 내일 날씨가 좋으면 우리 셋이서 소풍이나 가세. 어떻게 생각하나, 친구?"

크눌프는 그의 어깨를 세게 툭 쳤다.

"자네 집은 참 즐겁군. 진심이야. 그리고 소풍이라니 벌써 기대가 되는군. 하지만 오늘 저녁은 할 일이 있어서 안 되겠네. 여기 아는 친구가 하나 있는데, 대장간에서 일하다가 내일 떠난다고 하니까 좀 만나봐야겠어. 안됐지만 그 대신 내일은 꼭 종일 함께 지내기로 하세. 그럴 줄 알았으면 약속 같은 건 전혀 하지 말걸 그랬네."

"자네는 아직도 반쯤 환자인데 지금 밤바람을 쐬며 돌아다니려는 건 아니겠지?"

"아, 천만에. 그렇다고 너무 몸을 사려도 안 되네. 늦지 않게 돌아올 걸세. 내가 들어올 수 있게 열쇠는 어디에 놓아두겠나?"

"자네는 제 고집대로 하는 사람이야, 크눌프. 그럼 갔다 오게. 열쇠는 지하실 창문 뒤에 두지. 어딘지 알겠나?"

"물론이지, 자 이제 다녀오겠네. 일찍 자게! 부인도 안녕히 주무십시오."

크눌프가 자리를 떠나 아래층 현관에 내려섰을 때, 부인이 재빠르게 따라 내려왔다. 우산을 가져다 줘서 크눌프는 원하든 원하지 않든 어쩔 수 없이 그것을 가지고 가야 했다.

"몸조심하셔야 해요, 크눌프 씨! 그리고 나중에 열쇠를 찾으실 수 있도록 두는 곳을 보여드릴게요!"

그녀는 어둠 속에서 크눌프의 손을 붙잡고 집 모퉁이를 돌아 판자 덧문이 닫힌 작은 창 앞으로 가서 멈췄다.

"이 덧문 뒤에 열쇠를 놓아둔답니다."

흥분한 듯 속삭이는 목소리였다. 부인이 크눌프의 손을 어루만지며 말했다.

"창문 한쪽 끝에 두었으니까 덧문의 패인 곳으로 손을 집어넣으면 돼요."

"아, 고맙습니다."

크눌프는 당황해서 대답하면서 손을 뺐다.

"돌아오실 때까지 맥주를 남겨 둘까요?"

그녀는 다시 말하면서 그에게 가만히 몸을 기댔다.

"아니요, 고맙습니다만 저는 별로 술을 마시지 않습니다. 안녕히 주무십시오, 로트푸스 부인, 고맙습니다."

"그렇게 급하신가요?"

부인은 부드럽게 속삭이며 크눌프의 팔을 붙잡았다. 그녀의
얼굴이 크눌프의 얼굴 바로 앞까지 다가왔다. 크눌프는 당황
했지만 억지로 밀어 버릴 수도 없어서, 침묵하면서 손으로 여
자의 머리를 쓰다듬었다.

"자, 이제는 가야 합니다."

그는 갑자기 소리를 높여 외치면서 뒤로 물러섰다. 그녀는
반쯤 열린 입술로 미소를 지어 보였다. 어둠 속에서 여자의 이
가 반짝이는 것이 보였다. 이어 그녀가 낮은 목소리로 말했다.

"기다리겠어요. 돌아오실 때까지. 당신은 멋진 분이에요."

크눌프는 우산을 팔 밑에 끼고 재빨리 그곳을 떠나 어두운
거리를 걸어갔다. 첫 모퉁이를 돌면서 이상하게 답답한 가슴
을 진정시키려고 휘파람을 불기 시작했다. 이런 노래였다.


그대를 데려가리라 생각했겠지만
나는 그럴 생각이 없다네
그대와 사람들 앞에 서면
나는 부끄러워질 테니까


저녁 바람은 미지근했고, 검은 하늘에 이따금 별들이 모습

을 드러냈다. 어느 술집에서는 토요일 저녁이라서인지 젊은이들이 소란스럽게 북적거리고 있었다. 공작회관에 이르니 창문을 통해 새로운 놀이인 볼링을 하는 이 도시 남자들의 모습이 보였다. 셔츠 바람으로 손에 볼링공을 들고 무게를 가늠해 보고 있었고, 그 중에는 담배를 입에 문 사람들이 많았다.

체육관 근처까지 오자 크눌프는 걸음을 멈추고 주위를 둘러보았다. 앙상한 밤나무들 사이로 습기 찬 바람이 약하게 불었다. 강물은 진한 검은 빛을 띠고 소리 없이 흐르고 있었고, 불 켜진 몇 개의 창들이 거기에 비쳐 하늘거렸다. 온화한 밤공기가 방랑자의 전신을 아늑하게 감쌌다. 냄새를 맡듯이 숨을 깊이 들이마시자 봄이 온다는 예감이 들었고, 따뜻함과 메마른 거리, 그리고 방랑생활이 느껴지는 것이었다.

그는 수많은 기억을 통하여 모든 도시와 강과 계곡, 그리고 그 지방 전체의 모습을 조망해 보았다. 어디든 눈에 익었다. 큰 도로, 작은 보도들, 마을들, 집들, 숙소로 삼은 적이 있는 친숙한 집들도 떠올랐다. 곰곰이 생각해 본 후에 크눌프는 다음 방랑의 계획을 세웠다. 이곳 레히슈테텐에는 결코 더 이상 머물 수가 없기 때문이었다. 부인이 그에게 큰 부담만 주지 않는다면 친구를 위해서라도 이번 일요일만이라도 지내고 떠날 생각이었다.

그는 친구 로트푸스에게 부인에 대해 귀띔을 해 줄까도 생각했다. 그러나 다른 사람들의 괴로운 일에 손을 담그기가 싫었고, 남들을 더 선하게 혹은 더 지혜롭게 만들 필요도 느끼지 않았다. 어쨌든 일이 그렇게 되어서 그는 유감스러웠다. 그러나 예전에 옥센에서 일했었다는 친구의 부인에게 결코 호감을 가지고 대할 수 없었다. 게다가 가정이나 결혼의 행복에 대해 제법 과시하던 피혁공 로트푸스의 말을 좀 경멸하고 싶은 생각이 들었다. 누가 자기의 행복이나 미덕에 대해 자랑하며 크게 떠들어보았자 대개는 사실과 다르더라고 그는 생각하고 있었다. 양복 수선 가게 주인이 한때 가졌던 신앙심 역시 마찬가지였다. 다른 사람의 어리석은 일을 보고 웃거나 동정할 수는 있을지 모른다. 그러나 각자 자기 스스로 가는 길은 참견하지 말고 그대로 둬야 하는 것이다.

생각에 깊이 잠겨 있던 크눌프는 한숨을 내쉬며 이런 우울한 걱정거리들을 떨쳐 버렸다. 늙은 밤나무에 난 구멍에 몸을 기대고 다리 쪽을 향해 서서 떠나야 할 여정을 생각했다. 될 수 있으면 슈바르츠발트 지방을 넘어가고 싶었으나, 그곳은 지금쯤 추울 것이고, 아마 아직도 눈이 많이 쌓여 있을 것이다. 그리고 걷다 보면 장화도 망가질 테고, 잘 만한 장소들도 멀리 떨어져 있을 것이다. 그건 곤란한 일이었다. 역시 계곡을 따라가면서 작은 도시들에서 묵으면서 가야 할 것이다. 강을 따라네 시간쯤 내려가면 히르셴뮐레에 이르니까, 그곳이 안전한 첫 번째 휴식처가 될 수 있을 것이다. 날씨가 좋지 않으면 그곳에서 이틀쯤 머물다가 떠날 수도 있을 것이다.

이렇게 생각에 잠겨 누군가를 기다리고 있다는 생각도 잊고 있을 때, 어둠 속에서 바람이 부는 다리 위에 겁먹은 듯한 가냘픈 형체가 나타나더니, 주저하며 가까이 걸어왔다. 그 여자라는 것을 대번에 알아차린 크눌프는 기쁨과 감사의 마음에 넘쳐 그쪽으로 달려가면서 반갑게 모자를 흔들었다.

"와 줘서 고마워요, 베르벨레. 전 이미 거의 단념하고 있었습니다만."

크눌프는 여자의 왼쪽에 서서 그녀를 강 위편을 향해 난 길로 인도하며 걸었다. 그녀는 겁을 먹은 데다가 부끄러워했다.

"이러면 안 되는데요."

그녀는 몇 번이나 되풀이해 말했다.

"우리를 보는 사람이 없으면 좋겠어요!"

그러나 크눌프는 이것저것 묻고 싶은 것이 많았다. 그리고 얼마 안 가서 그 처녀의 발걸음도 안정을 찾아 좀 더 규칙적으로 움직였다. 나중에는 다정한 친구처럼 그의 곁에 서서 가볍고 활발하게 걸었다. 크눌프의 질문과 맞장구에 마음이 누그러져서 그녀 자신의 고향이며 부모 형제 할머니, 오리들과 닭들, 우박과 병, 결혼식과 교회 창립 기념일 축제 등등에 관해서 열심히 신나게 이야기했다. 이렇게 이야기를 풀어나가다 보니, 그녀는 스스로 생각했던 것보다 자신의 경험이 풍부하다는 것을 깨달았다. 그래서 마침내 자신이 고용된 이야기와 고향에서 떠나오게 된 이야기, 현재 일하며 지내는 형편, 그리고 주인의 집안 사정까지 줄줄이 이야기하게 되었다.

그 사이 그들은 이미 시내에서 멀리 떨어진 곳까지 와 있었는데, 베르벨레는 미처 눈치채지 못하고 있었다. 그녀는 낯선 곳에서 일주일 내내 대화 상대도 없이 침묵하고 참으며 우울하게 지내던 것에서 벗어나 마음껏 말할 수 있게 되자 아주 기분이 좋았던 것이다.

"어머나, 우리 대체 어디에 온 거예요?"

그녀가 갑자기 놀라면서 소리쳤다.

"어디까지 가는 거예요?"

"괜찮다면 게르텔핑겐까지 갑시다. 이제 거기까지 얼마 안 남았습니다."

"게르텔핑겐이라니요? 거기엔 왜 가죠? 그냥 돌아가요. 시간이 늦었어요."

"몇 시까지 집에 돌아가야 합니까, 베르벨레?"

"10시까지는 돌아가야 해요. 시간이 다 됐어요. 참 좋은 산책이었어요."

크눌프가 그녀를 안심시켰다.

"10시면 아직 멀었습니다. 그때까지 집에 돌아가시도록 기억하고 있겠습니다. 하지만 이렇게 같이 시간을 보내는 것도 젊은 한때뿐이니까, 오늘은 함께 마음껏 춤을 추어 보아도 괜찮지 않을까요? 혹시 춤을 싫어하십니까?"

그녀는 놀라며 긴장해서 그를 쳐다보았다.

"어머, 춤이라면 언제나 좋아해요. 그러나 어디서요? 한밤에 여기 이런 데 밖에서 추는 건가요?"

"이제 곧 게르텔핑겐에 도착합니다. 그곳 사자 회관에는 음악도 있습니다. 우리는 그 안으로 들어갈 수 있어요. 들어가서 한 번만 춤을 추고 집으로 돌아가는 겁니다. 그러면 즐거운 저녁을 보낸 셈이지요."

베르벨레는 의심스러운 듯 망설이며 서 있다가, 천천히 입을 열었다.

"즐거울 거예요. 하지만 사람들이 우리에 대해 어떻게 생각할까요? 저는 그런 여자로 보일까 봐 싫어요. 우리 둘을 보고 서로 그런 사이구나 하고 남들이 생각할까 봐 그것도 싫어요."

그러더니 갑자기 아주 쾌활하게 웃고는 소리 높여 말했다.

"그리고 전 나중에 애인이 생기더라도 피혁공은 안 돼요. 선생님 기분을 상하게 하고 싶진 않지만, 무두질은 그리 깨끗한 직업 같지는 않아요."

"어쩌면 당신 말이 맞습니다."

크눌프는 악의 없이 순순히 대답하였다.

"당신은 물론 저 같은 사람과 결혼해서는 안 됩니다. 아무도 제가 피혁공인 것과 또 당신이 그렇게 자부심이 강한 것을 아는 사람은 없을 겁니다. 그리고 저는 손을 깨끗이 씻었습니다. 그러니 당신이 저하고 같이 한 번만 춤을 출 생각이 있으시다면 환영합니다. 그렇지 않다면 돌아가지요."

밤인데도 마을의 첫 번째 합각지붕 집이 수풀 사이로 희미하게 보였다. 크눌프가 갑자기 손가락을 들어 가리켰다.

"저것 봐요!"

마을에서 아코디언과 바이올린으로 켜는 무도곡이 들려왔다. 그녀는 웃으며 말하였다.

"그럼 가죠!"

그들은 걸음을 더 빨리했다.

사자 회관에서 춤을 추는 이들은 네댓 쌍뿐이었다. 아주 젊은 청춘 남녀들로 크눌프가 아는 사람은 아무도 없었다. 모두들 조용히 예의를 갖추어 춤추고 있었다. 다음 춤이 이어질 때 새로 가담한 낯선 한 쌍을 아무도 이상하거나 부담스럽게 여기지 않았다. 두 사람은 느린 민속춤인 랜들러와 폴카를 함께 어울려 추었다. 다음에는 왈츠곡이 나왔는데, 베르벨레는 왈츠는 출 줄 몰랐다. 두 사람은 다른 사람들의 춤을 구경하면서 맥주를 한 잔씩 마셨다. 크눌프에게는 맥주를 살 정도의 돈밖에 없었다.

춤을 추는 동안 베르벨레는 상기되어서 몸이 화끈거렸다. 이제 그녀는 눈을 반짝거리면서 작은 홀을 둘러보았다.

"이제 정말 집으로 돌아갈 시간이 된 것 같습니다."

9시 반이 되었을 때 크눌프는 이렇게 말했다. 그녀는 깜짝 놀라 벌떡 일어났지만 좀 슬픈 표정을 지었다.

"아! 아쉬워요!"

"좀 더 있어도 괜찮습니다."

"아녜요. 저는 집에 가야 해요. 하지만 참 멋있었어요."

그들은 자리를 떴다. 그런데 문을 나올 때 그녀가 말했다.

"참, 우리는 악사들에게 아무것도 주지 않았어요."

크눌프는 조금 당황했다.

"아, 예. 20페니히라도 주었어야 했는데, 전 미안하지만 더 이상 가진 것이 없어서……."

그녀는 정색하며 주머니에서 손수 실로 떠서 만든 돈지갑을 꺼냈다.

"왜 미리 말씀하시지 않았어요. 자, 여기 20페니히예요. 가서 주고 오세요!"

크눌프는 돈을 받아서 악사들에게 갖다 주었다. 그런 다음에 그들은 사자 회관을 나섰다. 문 밖으로 나오자 어둠이 짙어서 갈 길을 살피기 위해 잠시 서 있어야 했다. 바람이 더 세졌고 조금씩 빗방울이 떨어지기 시작했다.

"우산을 펼까요?"

크눌프가 물었다.

"아녜요. 바람이 세서 우산을 쓰면 걸을 수 없을 거예요. 홀안에서는 참 좋았어요. 피혁공 선생님께서는 거의 댄스 선생님처럼 잘 추시던데요."

그녀는 즐거운 기분이 되어 재잘거렸다. 그러나 크눌프는 말이 없어졌다. 아마 몸이 피곤해져서 그렇거나, 아니면 곧 닥칠 이별이 두려워서인 것 같았다.

갑자기 베르벨레가 노래를 부르기 시작했다.


　　나는 때로는 넥카강*에서,

　　때로는 라인강**에서 풀을 뜯는다네


온화하고 맑은 목소리였다. 2절부터는 크눌프도 함께 불렀다. 크눌프의 알토 음성은 정확하고 깊고 아름다워서, 그녀는 마음에 들었는지 노래를 멈추고 열심히 듣고 있었다.

---

\* 라인강의 지류로, 바덴뷔르템베르크주 남부의 슈바르츠발트와 슈바벤알프스 지역에서 발원하여 북쪽으로 흐르며, 바덴뷔르템베르크 주도인 슈투트가르트와 유명한 도시 하이델베르크를 지난다.

\*\* 스위스 중부의 알프스에서 발원하여 북쪽으로 흘러 독일과 네덜란드를 통과해 북해로 유입되는 강으로 총 길이가 1,320킬로미터에 달한다.

"자, 이젠 고향 생각이 좀 사라졌습니까?"

노래가 끝나자 크눌프가 물었다. 그녀는 밝게 웃었다.

"아, 네. 우리 언제 또 한 번 이런 멋진 산책을 하기로 해요."

크눌프는 나직하게 대답했다.

"아쉽지만, 아마 이것이 마지막이 될 것입니다."

그녀가 갑자기 걸음을 멈추었다. 그의 말을 자세히 듣고 있지는 않았으나 그의 슬픈 목소리가 그녀의 마음에 와 닿은 것이다. 그녀는 조금 놀라서 물었다.

"아, 무슨 말씀이세요? 제가 뭘 잘못해서 싫으신가요?"

"아니에요. 베르벨레, 하지만 내일 저는 떠나야 합니다. 벌써 주인에게도 그만두겠다고 말했어요."

"무슨 말씀이세요! 정말이세요? 전 정말 서운해요."

"저의 일 때문에 슬퍼할 필요는 없습니다. 어차피 이곳에 오래 머무르지 않을 것이고, 또 저는 피혁공입니다. 당신에게는 곧 멋진 애인이 생기겠지요. 그러면 고향 생각 같은 것은 결코 나지 않을 것입니다. 두고 보십시오."

"아아, 그런 말씀은 하지 마세요! 당신이 제 애인은 아닐지 몰라도 제가 당신을 좋아한다는 것은 아시잖아요."

두 사람은 침묵을 지켰다. 바람이 그들의 얼굴을 스쳐갔다. 크눌프는 발걸음이 점점 느려졌다. 어느덧 그들은 다리 근처까지 와 있었다. 마침내 크눌프가 걸음을 멈추었다.

"이제 당신에게 작별 인사를 하고 싶습니다. 남은 몇 걸음은 혼자 가시는 것이 더 좋을 거예요."

베르벨레는 정말로 슬픈 표정으로 크눌프를 쳐다보았다.

"그게 진심이세요? 그럼 저도 고맙다는 말씀을 드리겠어요. 그리고 잊지 않겠어요. 행복하시기를 빕니다!"

크눌프는 그녀의 손을 잡아 자기 쪽으로 끌어당겼다. 그녀가 놀라서 불안한 듯 그의 눈을 보는 동안에, 그는 비를 맞아 흐트러진 그녀의 머리를 두 손으로 감싸고 이렇게 중얼거렸다.

"그럼 안녕히, 베르벨레. 이제 작별하면서 당신이 저를 완전히 잊지는 않도록 키스를 허락해 주십시오."

그녀는 순간 몸을 움찔하면서 뒤로 물러서려 했다. 그러나 크눌프의 눈은 선량하고 슬퍼 보였다. 그제야 비로소 그녀는 그의 눈이 아름답다는 걸 알았다. 그녀는 눈을 감지 않은 채로 그의 키스를 진지하게 받아들였다. 그러고 나서 그가 희미한 미소를 띠고 주저하며 서 있자, 눈물이 글썽해진 그녀가 그에게 다시 진지한 키스를 해 주었다.

그런 후 그녀는 재빨리 몸을 돌려서 어느 새 다리를 건너갔다. 그런데 갑자기 몸을 돌려 되돌아왔다. 크눌프는 여전히 그 자리에 그대로 서 있었다.

"무슨 일입니까, 베르벨레? 돌아가셔야 합니다."

"네, 네, 돌아가겠어요. 저를 나쁘게 생각하시면 안 돼요!"

"절대로 그렇게 생각하지 않을 것입니다."

"그런데 그건 어떻게 되나요, 선생님? 아까 가진 돈이 한 푼도 없다고 하셨잖아요? 떠나기 전에 임금을 받으시겠지요?"

"아니요, 더 받을 임금은 없습니다. 그러나 상관없습니다. 어떻게든 될 겁니다. 그런 걱정은 더 이상 하지 마십시오."

"아뇨, 아네요. 주머니에 얼마간 있어야 해요. 자, 여기!"

그녀가 큰 은화 한 개를 크눌프의 손에 쥐어 주었다. 크눌프는 1탈러짜리 은화의 촉감을 느꼈다.

"언젠가 만나면 주시든가 보내주시면 돼요, 나중에 언젠가."

크눌프는 그녀의 손을 다시 잡았다.

"안 됩니다. 이렇게 당신의 돈을 쓰면 안 돼요! 1탈러나 되는 돈입니다. 다시 받으십시오! 꼭 그래야 합니다! 이렇게 생각 없이 일을 해선 안 됩니다. 잔돈이 있다면 50페니히짜리 하나 주시면 제가 지금 궁하니 기꺼이 받겠습니다만, 더는 싫습니다."

그들은 계속 실랑이를 했다. 베르벨레는 1탈러짜리밖에 가진 것이 없다면서 지갑을 보여주어야 했다. 지갑 속에는 그 당시 아직 사용되던 1마르크 동전과 20페니히 은전이 있었다. 크눌프는 20페니히를 가지려고 했으나, 그녀가 보기에 그것은 너무 적었다. 그러자 크눌프는 아예 아무것도 받지 않고 헤어지려고 했다. 그녀는 얼른 1마르크를 쥐어 주고 집을 향해 빠른 걸음으로 뛰어갔다.

가는 도중에 그녀는 왜 그가 좀 전에 한 번 더 키스해 주지 않았을까 하고 계속 생각했다. 한편으론 섭섭했지만, 또 한편으로는 오히려 더 다정하고 예의바른 행동이라는 생각이 들었다. 결국 그가 한 일이 옳았다고 생각되었다.

한 시간쯤 지난 뒤에 크눌프는 집으로 갔다. 거실에 불이 켜 있는 것이 보였다. 부인이 아직도 그가 돌아오기를 기다리는 모양이었다. 그는 화가 나서 침을 탁 내뱉었다. 당장 이 밤에 여기를 떠나 버리고 싶었다. 그러나 몸도 피곤했고, 비도 내릴 것 같았다. 또한 그런 식으로 해서 피혁공 친구의 호의를 무시하고 싶지도 않았다. 그뿐만 아니라 오늘밤에 좀 장난을 쳐 보고 싶은 생각도 들었다.

크눌프는 열쇠를 숨겨 놓은 곳에서 찾아내어 도둑같이 현관문을 조심스럽게 열고 들어가 가만히 닫았다. 그리고 입술을 꽉 깨문 채 소리가 안 나게 문을 잠근 다음 살그머니 열쇠를 원래 있던 자리에 되돌려 놓았다. 그리고 신을 벗어 손에 들고 양말 바람으로 계단을 올라갔다. 약간 열린 거실 문틈으로 불빛이 새어나오고 있었고, 오랫동안 기다리다가 그냥 소파에서 잠들어 버린 부인의 깊은 숨소리가 들려왔다. 크눌프는 들키지 않게 조용히 자기 방으로 올라가 안에서 문을 꼭 잠그고 침대로 들어갔다.

그리고 다음날, 그는 결정한 대로 길을 떠났다.

# 크눌프에 대한 나의 회상

그때는 아직도 한창 즐거운 청춘 시절이었고, 크눌프도 살아 있을 때였다. 우리들, 즉 그와 나는 뜨거운 여름날 풍요로운 지방을 돌아다니고 있었고, 별로 걱정거리도 없었다. 낮에는 노란 곡식들이 자라는 경작지를 거닐거나, 서늘한 호두나무 밑이나 숲속 가장자리에 누워 있었다. 그러다가 저녁이 되면 크눌프가 농부들에게 이야기를 들려주고, 어린아이들에게 손 그림자놀이를 보여주고, 소녀들에게는 그가 알고 있는 많은 노래들을 들려주는 것을 옆에서 듣곤 했다.

나는 듣는 것이 마냥 즐거워 질투 같은 것은 하지 않았다. 다만 그가 소녀들에게 둘러싸여 있고 그의 갈색 얼굴에 번뜩이는 빛이 어릴 때면 소녀들이 한껏 웃으며 놀리다가도 그에게 일제히 시선을 고정하고 바라보았는데, 그럴 때면 종종 그가 보기 드문 행운아고, 나는 그와 반대라는 생각이 들기도 했다. 그래서 그 자리에 쓸모없이 함께 서 있기보다는 그를 피해 옆으로 가 있었던 적도 많았다. 혹은 목사님을 찾아가서 그의 거실에서 적당한 저녁 대화를 나누거나 그 집에서 자기도 하고, 술집에 가 앉아서 조용히 와인을 마시기도 했다.

내 기억에 어느 날 오후의 일이었다. 우리는 조그마한 예배당에 속해 있는 공동묘지를 지나고 있었다. 공동묘지는 예배당과 함께 인근 마을에서 멀리 떨어진 밭들 사이에 있었다. 돌담으로 둘러싸여 있었는데 그 위로 짙은 잡목이 우거져 있어 뜨거운 햇볕이 내리쬐는 밭들 사이에서 고요히 쉬고 있는 듯한 모습이었다. 마치 평화로운 고향 같은 분위기였다.

공동묘지로 들어가는 창살로 된 철문 옆에 커다란 밤나무가 두 그루 서 있었다. 문이 잠겨 있어서 나는 그냥 지나치려고 했는데 크눌프는 굳이 돌담을 넘으려고 했다.

내가 물었다.

"벌써 또 쉬어 가려고?"

"그럼, 물론이지, 안 그러면 발바닥이 부르터서 아플 거야."

"그래, 하지만 왜 하필 공동묘지에서 쉬려는 거지?"

"그게 좋거든. 그냥 나를 따라오게. 농부들은 이 세상에서는 많은 것을 허락 받으며 편히 살지는 못해. 그래서 지하에서는 그렇게 살려는 생각으로 힘들어도 묘와 그 근처를 잘 단장하고 아름다운 꽃들을 심어 둔다네."

그래서 나는 그와 함께 담을 넘었다. 그의 말이 옳았다. 담을 넘은 보람이 있었다. 그 안에는 똑바로 혹은 구부러지게 만들어진 줄들 사이로 무덤들이 조성되어 있었고, 대다수의 무덤에는 나무로 만든 하얀 십자가가 세워져 있었다. 묘 위나 부근에는 녹색 식물들과 화려한 꽃들이 장식되어 있었다. 짙은 녹음과 어우러져서 메꽃과 제라늄이 다정하게 활짝 피었고, 녹음 아래 그늘에는 철 지난 골드락이 만개했다. 장미덩굴에는 장미들이 가득 피어 있었다. 라일락과 딱총나무들도 가지와 잎들이 무성하게 자라서 마치 유원지 같은 기분이 들었다.

우리는 이 모든 광경을 잠시 바라본 후에 풀밭에 앉았다. 풀이 무성하고 꽃들이 만발하였다. 우리들은 편히 쉬면서 더위가 가서서 서늘해지자 만족감을 느꼈다.

크눌프는 가장 가까이에 있는 십자가에 적힌 이름을 읽으며 이렇게 말했다.

"이 사람은 엥겔베르트 아우에르라는 사람으로 60년이 넘게 살았군. 지금은 아름다운 레제렌 아래에서 편히 쉬고 있는 모양이야. 레제렌은 아름다운 꽃이지. 그리고 조용한 곳이야. 나도 언젠가 죽으면 이런 레제렌 꽃들과 함께 있고 싶다네. 그건 그때 일이고 여기 있는 레제렌을 한 송이 따야겠네."

"그 꽃은 그냥 놔두고, 다른 걸 따는 게 어때? 레제렌은 곧 시들잖아."

그러나 그는 레제렌 한 송이를 꺾어서 옆의 잔디 위에 올려 두었던 모자에 꽂았다.

"여긴 매우 조용한 곳이군!"

내가 다시 말했다. 그러자 그는 이렇게 대꾸하는 것이었다.

"그래, 맞아. 조금만 더 조용해지면 아마 땅속에서 하는 말까지 들릴 것 같은데."

"그럴 리가 있겠나. 땅속에 누운 자들은 이미 할 말을 다 했을 것 아닌가?"

"그야 알 수 있나? 흔히들 죽음은 잠을 자는 것이라고 말하지 않나. 그런데 잠을 자면서도 때로는 말을 하기도 하고, 이따금 노래를 부를 때도 있거든."

"아마 자네라면 그렇게 할 거야."

"그럼, 당연하지. 내가 죽으면 일요일에 아가씨들이 와서 조용히 둘러 서 있다가 어느 무덤 근처에서 작은 꽃 한 떨기를 꺾어가겠지. 그러면 나는 낮은 목소리로 노래를 부르기 시작할 거야."

"그래, 무슨 노래를 하려고?"

"무슨 노래? 아무 노래든지 부르겠지 뭐."

그는 잔디밭에 벌렁 눕더니 눈을 지그시 감았다. 그리고 곧 어린애 같은 목소리로 나지막하게 노래를 부르는 것이었다.

　　나는 일찍 세상을 떠났으니
　　나에게 노래를 불러다오
　　너희 꽃 같은 처녀들이여
　　이별의 노래를.
　　내가 다시 태어날 때는
　　내가 다시 태어날 때는
　　아름다운 소년이 되어 있으리라.

　노래는 마음에 들었으나 나는 웃지 않을 수 없었다. 그는 아름답고 부드럽게 불렀다. 더러는 의미가 충분히 전달이 안 되는 말도 섞여 있었으나, 노래의 가락이 아주 아름다워서인지 오히려 그것이 더 아름답게 들렸다.

　"크눌프! 처녀들에게 너무 많은 약속을 하지 않는 게 좋아. 그렇지 않으면 얼마 안 가서 자네 노래를 다시는 안 들어 줄 테니까. 이 세상에 다시 태어나는 것은 좋지만, 자네가 과연 아름다운 소년이 될는지도 아무도 알 수 없는 일이잖아. 그건 확실한 일이 아니거든."

　"확실한 건 아니지. 그래, 맞아. 그러나 그렇게 된다면 좋겠다는 거지. 자네 기억나나, 그저께 우리가 길을 물었던 소년?

소를 몰고 가던 소년 말이야. 나는 그 소년같이 다시 한 번 아름다워지고 싶네. 자네는 안 그런가?"

"아니, 나는 그렇지 않아. 언젠가 일흔이 넘은 노인과 알고 지낸 적이 있지. 눈이 아주 조용하고 착하게 생겼고, 선하고 지혜롭고 조용한 사람 같았다네. 그때부터 나는 이따금 나도 그런 사람같이 되면 좋겠다고 생각하곤 했어."

"그래, 그러나 자네가 좀 잘못 생각한 것이 있네. 대체로 사람의 소원이란 우스꽝스러운 것이거든. 가령 내가 지금 당장 머리를 숙여 절만 하면 아름다운 소년이 되고, 자네도 단지 절만 하면 조용하고 온화한 영감이 된다고 하세. 그렇더라도 아마 우리들 중 아무도 절을 하지는 않을 걸세. 오히려 지금 이대로의 모습으로 있는 걸 좋아할 테니까 말이야."

"그 말도 맞기는 하네."

"좋아, 그리고 또 있어. 자, 보라고. 나는 가끔 이렇게 생각해. 이 세상에서 가장 아름답고 멋진 것은 가냘픈 금발의 젊은 아가씨라고. 하지만 그건 틀린 생각이지. 검은 머리의 소녀가 더 아름다워 보일 때도 많으니까 말일세. 그뿐이 아니야. 또 어떤 때는 다시 이렇게 생각한다네. 가장 아름답고 멋진 건 아름다운 새라고. 하늘을 높이 자유자재로 날아다니는 모습을 볼 때면 그렇다네. 그런가 하면 또 어떤 때는 나비, 예를 들면 날개 위에 붉은 눈 모양의 무늬가 있는 하얀 나비처럼 경이로운 것은 없다는 생각이 든단 말이야. 또한 구름이 드리워져 있을 때 그 위에서 비치는 저녁놀이 참 아름다워 보이기도 하지. 모든 것이 빛나지만 눈부시지 않고 모든 것이 기쁘고 순결하게 보이는 그런 저녁놀의 모습이 말이야."

"참으로 맞는 말이네, 크눌프. 무엇이나 제때에 잘 어울려 바라보면 세상 모든 것은 다 아름답게 보이지."

"그래, 그러나 나는 또 다르게 생각할 때도 있다네. 가장 아름다운 것은 언제나 기쁨을 주는 동시에, 또한 슬픔과 불안을 안겨 주는 것이라서 아름다울 수 있다고 말이야."

"아니, 어째서 그렇지?"

"내 말은, 아무리 아름다운 젊은 아가씨라도 그 순간을 지나면 점점 늙고 죽게 될 것 아닌가. 그것을 알기 때문에 사람들은 아름다운 소녀를 보고 참으로 아름답다고 여기는 걸 거야. 만약 뭔가 아름다운 것이 영원히 변하지 않고 그대로 지속된다면, 처음에야 그것을 기뻐하겠지만 점점 시선이 냉정해질 테고, 결국에는 그까짓 거야 늘 있는 것이지 새삼 오늘 있는 것인가 하고 생각하게 될 거야. 그에 반해 나약하고 항상 변하지 않는 모습으로 머물 수 없는 것에 대해선 기쁨을 느낄 뿐만 아니라 비애도 함께 느낄 거야."

"그렇기는 하지."

"그래서 나는 어디선가 밤하늘에 펼쳐지는 불꽃놀이를 볼 때면 그보다 더 아름다운 것이 없다고 생각하네. 캄캄한 밤에 공중으로 치솟아 올라가는 푸른색과 초록색의 불꽃들이 가장 아름다워질 무렵에 그만 작은 포물선을 그리며 금세 꺼져 버리는 광경 말이야. 그런 것을 보고 있으면 기쁘면서도 동시에 불안을 느끼는 거야. 기쁨과 불안은 서로 붙어 다니는 것이기 때문에, 지속되기보다는 순간적일수록 아름답게 느껴지는 거야. 안 그런가?"

"그래, 맞아. 그러나 모든 경우에 그렇다고는 말할 수 없어."

"어째서?"

"예를 들어, 두 사람이 서로 좋아하다가 결혼하거나 서로 우정을 맺어 사귀는 것은, 오래 지속되고 금방 끝나지 않으니까 아름다운 게 아닐까."

크눌프는 나를 주의 깊게 바라보더니 검은 속눈썹을 깜박이며 생각에 잠긴 모습으로 이렇게 말했다.

"나도 그건 옳은 말이라고 생각해. 그러나 그것도 다른 것과 마찬가지로 언젠가 한 번은 끝이 있지 않은가. 우정이니 사랑이니 하는 것을 깨뜨리는 요소들은 세상에 수없이 많아."

"옳은 말이야. 그러나 사람들은 당장 그런 일이 닥쳐오지 않으면 그럴 거라고 생각하지 않지."

"모르겠네. 자네, 내 말 들어 보게. 나는 지금까지 살면서 두 번 사랑을 했어. 진실한 사랑 말이네. 두 번 다 영원히 계속되어 죽어야만 그 사랑이 끝날 줄 알았지. 그런데 두 번 다 끝이 났고, 나는 아직도 죽지 않고 이렇게 살아 있지. 또한 내가 살던 고향 도시에 친구도 하나 있었다네. 우리 두 사람의 우정이 살아생전 깨질 거라는 생각은 해본 적이 없는데, 벌써 오래 전에 연락이 끊겼지."

크눌프는 입을 다물었다. 나는 무슨 말을 덧붙여야 할지 몰랐다. 나는 인간관계에는 어떤 상황에서든 고통이 숨어 있음을 미처 체험하지 못한 때였다. 또한 사람들이 서로 아무리 친밀한 관계를 맺어도 그 사이에는 언제나 심연이 열려 있어서 오직 애정만이, 그것도 시시각각으로 비상 가교를 통해서만 그 사이를 오고갈 수 있다는 것을 경험해 보지 못한 때였다.

나는 친구가 앞서 한 말들을 곱씹어 보았다. 불꽃놀이 이야기가 가장 마음에 들었다. 나 자신이 여러 번 그런 느낌을 겪었기 때문이었다. 조용히 소리를 내는 색색의 불꽃, 하늘 높이 치솟아 올라가자마자 곧 그 속에 잠겨 꺼지는 광경은 아름다우면 아름다울수록 더 안타까웠고, 그래서 더 빨리 꺼질 수밖에 없는 모든 인간적인 쾌감의 상징같이 보였다. 나도 그것을 크눌프에게 말해 주었다.

그러나 크눌프는 그 말에 별 반응이 없었다. "그래, 그래" 하고 대답할 뿐이었다. 그리고 나서 한참 있다가 둔탁한 소리로 말했다.

"심사숙고해 보았자 아무 가치도 없는 일이야. 사람은 생각하는 대로 행동하는 게 아니니까. 사실은 전혀 깊이 생각해 보지 않고 마음 내키는 대로 자기의 길을 한 걸음씩 걸어가지. 우정이니 사랑이니 하는 것도 그럴 거야. 결국 사람은 각자 오직 자신을 위해서 자기의 세계를 갖는 것이지 다른 사람과 그것을 공유할 수 없다는 것이네. 사람이 죽는 경우에도 그런 것을 보지. 울고불고 슬퍼들 하지. 하루 종일, 한 달 내내, 일 년 동안 말이야. 그러나 결국 죽은 사람은 죽은 것이고 떠난 것이네. 죽어서 관 속에 누운 사람은 고향도 없고 아는 사람도 하나 없는 떠돌이 직공이나 마찬가지라는 말이네."

"크눌프, 자네, 그 말은 마음에 들지 않는군. 우리는 자주 이런 말을 하지 않았나. 삶은 결국 의미를 가져야 하고, 사람이 악하거나 남들과 적대하지 않고 착하고 친절하게 사는 삶이 가치 있는 것이라고. 그러나 지금 자네 말대로라면, 우리가 만약 도둑질을 하거나 사람을 죽여도 결국은 다 마찬가지라는 뜻이 아닌가?"

"아니, 이봐 친구, 우린 그러면 안 되지. 이다음에 만나는 사람을 몇 명 닥치는 대로 죽여 보게! 아니면 노랑나비더러 파랑나비가 되라고 요구해 봐. 나비가 자넬 비웃을걸."

"그런 얘기는 아니야. 그러나 모든 것이 같다면 착하고 성실하게 사는 것이 아무 의미가 없지 않나. 노랑과 파랑이 같고, 악과 선이 마찬가지라면, 선행이 존재할 이유도 없지. 그렇게 되면 모두가 숲속의 짐승처럼 자기 본성대로 살 뿐 아무런 공덕이나 죄도 없게 될 것이 아닌가 말이야."

그러자 크눌프는 한숨을 쉬었다.

"아, 그것에 대해서는 무어라고 말해야 할까. 아마 자네가 말한 대로겠지. 그렇게 되면, 의지라는 것은 아무 가치가 없고 모든 것은 우리와 관계없이 각자의 방식으로 흘러간다고 사람들은 느끼고, 어리석게도 몹시 상심할 거야. 그러나 사람이 어쩔 수 없이 악하게 행동하는 경우라도 역시 죄는 죄라네. 왜냐하면 그 사람의 내면에서 그것이 죄임을 느끼거든. 마찬가지로 선을 행하면 어쨌든 마음이 흡족하고 양심도 편안해지니까 선은 역시 분명히 옳은 것이네."

나는 그의 얼굴을 보고 그가 이런 대화에 싫증이 난 것을 알았다. 그는 때때로 그런 식이었다. 철학적 명제를 내세우고 깊이 파고들면서 그것을 옹호하다가는, 그것에 반박하기도 하고 돌연 그만두기도 했다. 예전에는 나의 불충분한 대답과 반박에 싫증이 나서 그런다고 생각했다. 그러나 그게 아니라, 사실은 그가 습성에 따라 사색을 하다가 자신의 지식과 표현 방식으로는 도달할 수 없는 경지에 이른 것을 스스로 느끼기 때문이었다. 그는 비록 많은 책을 읽었고 특히 톨스토이의 것을 많이 읽었지만, 언제나 진리와 궤변을 확실히 구분해내는 것은 아니었다. 그것을 그 자신이 알았다. 그는 영리한 어린 애가 어른을 비판하듯이 학자들에게 말했다. 이를테면 학자 들이 자신보다 나은 지식의 힘과 수단을 가지고 있음은 인정 하지만, 그래봤자 그들은 그것을 가지고 제대로 된 무엇 하나 시작하지 못하며, 온갖 기교를 부려 봤자 수수께끼 하나 풀 수 없는 자들이라고 경멸하는 것이었다.

크눌프는 다시 누워서 두 팔 위에 머리를 괴고, 짙은 딱총나 무 잎들 사이로 푸르고 뜨거운 하늘을 쳐다보면서 오래된 라 인강의 민요를 흥얼거렸다. 지금도 나는 그 마지막 구절을 기 억한다.

지금 나는 붉은 옷을 걸쳤는데
이제는 검은 옷을 입어야 하네
육 년 칠 년의 세월이 지나
나의 사랑하는 이가 사라질 때까지

저녁이 늦어지자 우리는 숲속 덤불 주변의 그늘에 마주 앉 아 각자 손에 큰 빵덩이와 소시지 반쪽씩을 들고 먹으면서 밤 이 되어가는 모습을 바라보았다. 조금 전까지도 저녁놀에 황 금색으로 반사되어 빛나며 솜털처럼 흔들리는 부연 햇살에 젖어 있던 산등성이는 이미 어둠에 덮였다. 나무와 산등성이의 밭들, 덤불들의 모습이 아직 낮의 엷은 여광을 띠고 있으나 이미 검푸른 밤의 빛이 하늘에 짙어지고 있었다.

아직 밝은 빛이 있는 동안 우리들은 〈독일 손풍금 시 가곡집〉이라는 소책자에 있는 우스운 내용을 서로에게 낭독해 주었다. 시시하고 우스운 속된 노래들이 목판화들과 함께 실려 있었다. 그러나 읽는 것도 햇빛이 사라지자 그만둘 수밖에 없게 되었다.

가져온 것을 다 먹고 나자 크눌프는 음악을 듣고 싶어 했다. 그래서 나는 주머니에서 빵 부스러기가 붙은 하모니카를 꺼내서 닦은 다음에 자주 들었던 노래들을 몇 곡 연주했다. 우리가 한동안 앉아 있던 주위는 이미 어둠에 싸였고, 그 어둠은 우리 눈앞에서 여기저기 능선을 만든 대지 위로 확대되었다. 하늘도 희미한 빛을 잃어 가면서 어둠이 짙어지자 서서히 별이 하나둘씩 나타나 반짝거리기 시작하였다. 우리의 하모니카 소리는 가볍고 연하게 벌판으로 퍼져나가더니 곧 드넓은 허공으로 사라졌다.

"바로 잠들기에는 아직 이르지? 얘기나 하나 해 줘. 사실이 아니라도 좋으니까. 동화라도 괜찮네."

내 말에 크눌프는 생각에 잠겼다가 입을 열었다.

"그러지. 이야기라고 할 수도 있고 동화라고도 할 수 있지. 그 둘에 다 속할 거야. 꿈 이야기거든. 작년 가을에 꾼 꿈인데 그 후에도 두 번이나 아주 비슷한 꿈을 꾸었다네. 그 이야기를 자네에게 해 주지.

내 고향과 비슷한 작은 도시 안의 어느 골목길이었네. 그곳의 모든 집들은 지붕이 그 골목길 쪽으로 나 있었는데, 그 전에 보던 것들보다 높았어. 나는 그 길을 쭉 따라서 걸었는데 마치 아주 아주 오래간만에 고향에 돌아온 것 같더군.

그러나 내 기쁨은 곧 반으로 줄어 버렸어. 모든 것이 뒤죽박죽이 되어 갈피를 잡을 수 없었거든. 혹시 어딘가 다른 곳에 잘못 온 것이 아닐까, 전혀 고향이 아닐지도 모른다는 생각이 들었어. 몇 군데 길모퉁이들은 예전에 보던 그대로여서 금방 알아보았지만, 모르는 집도 많고 사람이 살지 않는 집도 많았다네. 그전에 있던 다리와 시장 광장으로 가는 길은 찾을 수가 없고, 그 대신 낯선 공원과 어느 교회가 나타나는 거야. 그 교회에는 쾰른*과 바젤**에서 봤던 큰 탑 두 개가 붙어 있더군. 그러나 고향 교회는 탑이 없었다네. 예전에 잘못 지어서 탑을 완성하지 못하고 대신 짧고 뭉툭하게 튀어나온 곳에 임시로 지

---

* 독일 중서부의 라인강변에 있는 대도시다.

** 스위스 제2의 도시로 라인강 상류 연안에 위치한다.

붕을 덮었거든.

사람들 역시 마찬가지였네. 멀리서 볼 때는 정말 다 잘 아는 사람들 같았어. 이름까지도 기억할 수 있어서 하마터면 부를 뻔했지. 그러나 이름을 부르기 전에 어떤 사람은 집으로 들어가고 어떤 사람은 옆길로 사라져 버리는 거야. 그리고 내 가까이에 다가와서 지나가는 사람들도 변해서 전혀 낯선 사람이 되어 버렸네. 그러나 그들이 나를 스치고 지나 멀리 간 후에 뒤돌아보면 역시 내가 분명히 아는 사람같이 보였어. 또 어느 상점 앞에 부인들이 몇 명 나란히 서 있는데, 심지어 한 사람은 돌아가신 숙모님 같더란 말이야. 그래서 가까이 다가갔는데, 역시 전혀 알 수 없는 부인인데다 전혀 내가 알아들을 수 없는 딴 지방 말을 하고 있는 게 아니겠나.

결국 나는 이렇게 생각했네. 고향이든 아니든 이 도시는 다시 떠나야겠다고. 그러면서도 계속 아는 집 같아서 달려가 보고, 아는 사람 같아서 다가가 보았지. 그러나 그들은 모두 나를 또다시 바보 같은 사람으로 취급했네. 그래도 나는 화가 나거나 불쾌한 것이 아니라, 슬픔과 불안에 가득 찼을 뿐이었네. 나는 기도문을 외우려고 온갖 힘을 다하여 생각해내려 했으나 그건 생각나지 않고 아무 소용없는 어리석은 말들, 그러니까 '대단히 존경하는 선생'이라든가 '지금의 상황으로는' 같은 말만 생각날 뿐이었네. 나는 혼란스럽고 슬픈 심정이면서도 그런 말들을 입 밖으로 내뱉고 있었어.

그렇게 두세 시간쯤 흐른 것 같았네. 나중에는 온몸이 몹시 달아오르고 피로해져서 아무 의지도 없이 그냥 계속 걷고 있었어. 이미 저녁때가 되었기에, 이번에는 처음 마주치는 사람을 붙잡고 묵을 만한 숙소가 어디 있는지, 큰길이 어디 있는지 물으려고 했는데 다들 마치 내가 안 보이는 것처럼 쓱 지나가 버리기에 말을 걸 수도 없었지. 피로해지고 낙심한 나머지 그만 울고 싶은 심정이었네.

그런데 갑자기 다시 어떤 길모퉁이에 이르렀네. 거기에 낯익은 옛날 길이 눈앞에 펼쳐져 있는 거야. 길이 좀 달라지고 단장이 되어 있었지만 이제는 별로 당황할 정도는 아니었네. 나는 그 길을 따라서 달려갔네. 꿈속인데도 지나치는 집집마다 분명하게 분간할 수 있었지. 결국 내가 태어난 옛 부모님 집에 이르게 되었네. 그 집도 역시 부자연스럽게 높아 보였으나 옛날과 거의 다름없는 모습이었어. 기쁨과 흥분으로 등줄기가 오싹해지더군.

그런데 그 집 문 아래에 헨리에테라고 부르던 나의 첫 여인이 서 있는 것이 아니겠나. 그녀는 키가 더 커지고 뭔가 달라 보였지만, 그래도 더 아름다워졌더군. 가까이 갈수록 그녀는 놀랄 정도로 아름다워서 꼭 천사처럼 보이는 것이었네. 그러나 그 여자의 머리가 헨리에테처럼 갈색이 아니라 금발이란 것을 알아차렸어. 하지만 모양은 변했어도 이리저리 봐도 헨리에테가 틀림없었네.

'헨리에테!' 하고 이름을 부르면서 나는 모자를 벗었어. 너무 고상하고 위엄 있게 보여서 과연 그 여자가 나를 아는 척할지 알 수 없었네.

그녀가 내 쪽으로 완전히 돌아서더니 내 눈을 똑바로 보는 것이 아닌가. 하지만 나를 그렇게 쳐다보는 눈을 보자 나는 놀라고, 또한 부끄러워졌어. 그 여자가 전혀 헨리에테가 아니라, 오랫동안 사귀었던 두 번째 연인인 리자베트였기 때문이야.

그래서 나는 이제 '리자베트!' 하고 부르며 그녀에게 손을 내밀었네.

그녀는 나를 정면으로 바라보았어. 마치 신이 바라보는 것처럼 그 시선은 내 마음을 꿰뚫어 보는 듯했네. 그런데 그 시선은 엄하거나 거만하지 않고, 아주 고요하고 명료해 보였어. 그러나 동시에 너무도 정신적이고 고상한 시선이어서, 거기에 비하면 나는 개와 같이 초라해 보였네. 그리고 그렇게 바라보던 그녀는 진지하고 슬퍼 보였고, 마치 무례한 질문이라도 들은 것처럼 머리를 흔들더니 내 손을 잡지도 않고 돌아서 집으로 들어가 뒤로 조용히 문을 잠가 버렸어. 찰칵하고 잠기는 자물쇠 소리까지 들리더군.

나는 돌아서서 그곳을 떠났네. 눈에는 눈물이 가득 고이고 섭섭함에 눈앞이 거의 안 보였어. 하지만 이상하게도 도시의 모습이 다시 변해 있었네. 이제 모든 거리와 집이 그전과 꼭 같아졌으며, 아까와 같은 혼란 상태는 사라졌네. 지붕들은 그리 높아 보이지 않고 옛날 그대로의 색을 띠고 있었어. 사람들도 옛날과 같은 바로 그 사람들이었고, 나를 보고 기뻐하는 사람도 있는가 하면 의아하게 생각하는 사람도 있었어. 나를 알아보고 이름을 부르는 사람도 여럿 있었네.

그러나 나는 대답도 할 수 없었고, 걸음을 멈출 수도 없었어. 그 대신 온힘을 다해 낯익은 길을 달려가 다리를 건너 도시 외곽으로 나갔네. 눈물 어린 눈에 보이는 모든 것은 마음을 아프게 하더군. 왜 그런지는 알 수 없으나, 그곳에서의 모든 것을 잃어버린 것 같아 수치스러움에 떠나 버려야 할 것 같은 생각이 들었네.

포플러 나무가 늘어선 교외까지 나오니 숨이 차서 잠시 쉬어야만 했네. 그제야 비로소 고향을 찾아가 우리 집 앞까지 갔으면서도 부모, 형제, 친구들을 전혀 생각하지 않았었다는 것이 머리에 떠올랐다네. 이때까지 느껴본 적 없던 혼란과 비애와 수치의 감정이 마음에 가득 찼어. 그러나 다시 돌아가서 모든 것을 다시 되돌릴 수는 없었지. 그때 나는 꿈에서 깨어나 눈을 떴으니까."

*　　*　　*　　*　　*

크눌프는 말했다.

"사람은 누구나 영혼을 가지고 있고, 다른 사람의 영혼과 혼동될 수 없네. 두 사람은 서로를 향해 걸어갈 수 있고, 함께 이야기할 수 있고, 또한 서로 가까이 앉을 수 있지. 그러나 두 영혼은 꽃과 같아서 각각 자신의 장소에 뿌리를 박고 있기 때문에 서로 가까이 할 수 없는 것일세. 만약 서로 가까이 가려면 자신의 뿌리를 벗어나야 하겠지만, 바로 그것은 불가능한 일이니까. 꽃들이 자기의 향기나 씨에 좋아하는 마음을 담아 상대에게 보낼 수는 있으나, 씨를 적당한 곳에 게 하는 것은 꽃이 할 수 있는 일이 아니라 바람이 하지. 바람은 자기가 가고 싶은 대로, 가고 싶은 곳으로 마음대로 오갈 수 있으니 말일세."

그는 또 이렇게 말하였다.

"내가 자네에게 들려준 꿈 이야기도 아마 같은 의미를 지닐 거야. 나는 헨리에테나 리자베트에게 고의로 부당한 일을 한 것은 아니네. 그러나 한때 두 사람을 사랑해서 내 사람으로 삼으려 했기 때문에 그들은 나에 대해 그러한 꿈속의 모양으로, 둘 다 비슷하면서도 누구도 아닌 모양으로 나타난 것이네. 그 모습들은 내 것이지만 그러나 더 이상 생생히 살아 있는 것은 아니었어.

　부모님에 대해서도 나는 종종 그렇게 생각하지 않을 수 없었네. 부모님은 나를 아들로, 그리고 자신들과 닮은 사람으로 여기실 거야. 그러나 내가 부모님을 사랑하는 것이 틀림없더라도, 나는 그분들에게는 이해할 수 없는 타인일 뿐이네. 그래서 나에게 중요한 것, 즉 바로 나의 영혼 같은 것을 그분들은 대수롭지 않게 여기시고 나의 젊음이나 변하는 기분 탓으로 돌리곤 하시는 것이네. 그래도 부모님은 나를 사랑하셨고 내게 온갖 사랑을 다 부어 주셨지. 아버지는 그의 자식에게 눈과 코뿐 아니라 이성까지도 유전으로 물려줄 수 있어도, 영혼은 물려줄 수 없는 것이네. 영혼은 모든 사람 안에서 새로운 것으로 나타나니까.”

　그때만 하더라도 나는 아직 그런 생각들을 해 보지 않았고, 또한 스스로 그런 생각을 해 볼 필요 역시 없었으므로 그의 말에 대해 아무런 할 말이 없었다. 그러한 이상스런 생각은 사실 내 마음에 부담을 주지 않았으므로 아주 편하게 들었다. 그래서 나는 크눌프에게도 그것이 어떤 투쟁이라기보다 오히려 유희 같은 것일 거라고 추측했다. 그뿐 아니라 둘이서 마른 풀밭에 누워 밤과 잠이 오기를 기다리면서 초저녁에 뜬 별들을 바라보는 일은 평화롭고 아름다웠다.

　“크눌프, 자넨 사상가야. 교수가 되었더라면 좋았을 거야.”

그는 웃으면서 머리를 흔들었다. 그러더니 생각에 잠겨서 이렇게 말했다.

　"나는 차라리 구세군이 되는 것이 좋을 것 같네."

　내 생각에는 좀 심한 말 같았다. 그래서 이렇게 대꾸했다.

　"자네, 허튼 소리 말게! 설마 성자가 되려는 건 아니겠지?"

　"아니, 나는 성자가 되려네. 어떤 사람이든 자기의 생각과 행동에 있어서 참으로 진실하다면 누구나 성스러운 거야. 뭔가 옳다고 여기는 것이 있으면 그 일을 해야 하네. 그러므로 구세군이 되는 것이 옳다고 한 번 생각되면 나는 구세군이 되기를 바랄 것이네."

　"굳이 구세군이란 말인가!"

　"물론이야. 내 그 이유를 말해 주지. 나는 이미 많은 사람들과 이야기도 해 보고 많은 연설도 들었네. 목사, 선생, 시장, 사회민주당원, 자유론자 등 수많은 사람들이 하는 연설을 들었어. 그러나 마음속 깊이 진심이거나, 유사시에 자기의 진리를 위해 자신을 희생할 것이라는 믿음이 가는 사람은 한 사람도 없었네. 그러나 구세군의 경우 악대를 이끌고 야단법석을 떨기는 해도, 서너 번 그 사람들을 보고 그들이 하는 말도 들어보았는데 언제나 진실했네."

　"도대체 자네가 그것을 어떻게 아는가?"

　"그거야 보면 아네. 예를 하나 들지. 한 사람이 어느 마을에서 일요일에 설교를 하고 있었어. 그런데 야외의 먼지와 더위 속에서 하느라 곧 목이 완전히 쉬어 버렸지. 게다가 튼튼해 보이지도 않았네. 그는 소리를 더 낼 수 없을 때면 세 명의 동료에게 찬송가를 한 곡조 부르게 하고 그 사이에 물을 한 모금 마시더군. 어른 아이 할 것 없이 마을 사람들 절반이 나와서 그를 에워싸고 바보 취급하면서 비난하고 있었네. 설교사의 뒤에 있던 한 젊은 녀석이 회초리를 들고서 그를 굴리려고 이따금 회초리를 위협적으로 휘둘러 찰싹 소리를 내면, 그때마다 모두들 왁자지껄 웃어 대는 거야. 그러나 그 가련한 사람은 전혀 바보가 아니면서도 결코 화를 내지 않더군. 다른 사람 같으면 크게 울부짖든가 저주의 말을 퍼부었을 텐데, 그런 떠들썩한 상황에서도 그것을 이겨내려고 애쓰면서 미소를 짓고 있었네. 자네, 알겠나? 이런 일은 품팔이 삯을 받거나 좋아한다고 해서 할 수 있는 일이 아니란 말일세. 그 사람은 오히려 위대한 명료함과 확신을 자기 자신 속에 간직하고 있었던 것이 틀림없네."

"그럴지도 모르지. 그러나 한 가지 일을 보고 모두가 그런 식으로 된다고는 할 수 없어. 그리고 자네같이 섬세하고 예민한 사람은 그런 떠들썩한 데서 함께 해 나갈 수 없을 거야."

"아니, 아마도 할 수 있을 거야. 아주 섬세하다든가 예민한 것 이상의 뭔가를 깨닫고 간직하고 있다면 말이네. 물론 한 가지 일이 모든 경우에 다 들어맞는 것은 아니지만, 그러나 진리라면 모든 경우에 틀림없이 들어맞을 것이네."

"아니, 진리라니! 그냥 할렐루야를 부르짖는 자들이 과연 진리를 가지고 있는지 어떻게 아나?"

"그야 모르지. 자네 말이 딱 맞네. 다만 내가 말하는 것은, 진리라고 생각되는 것을 발견하면, 나도 또한 그것을 따라가겠다는 것이네."

"그래, 그렇다고 하지! 그러나 사실 자네는 매일 한 가지 지혜를 발견했더라도 이튿날이면 그걸 내버리고 결코 다시 지혜로 여기지 않았잖는가?"

크눌프는 당황한 표정으로 나를 바라보았다.

"자네의 그 말은 좀 가혹하군."

내가 사과하려고 했지만 그는 못 하게 막고서 침묵했다. 곧이어 그는 잘 자라고 나지막하게 말하고 조용히 누웠다. 그러나 그가 곧바로 잠들었을 거라고는 생각하지 않는다. 나 역시 잠들지 못하고 한 시간이 훨씬 넘도록 팔을 괸 채 밤경치를 바라보고 있었다.

\*    \*    \*    \*    \*

다음날 아침, 이날은 크눌프의 기분이 좋다는 것을 곧 알 수 있었다. 그래서 내가 기분이 좋으냐고 물었더니 그는 어린애 같은 눈으로 나를 환하게 바라보며 말했다.

"바로 맞췄어. 그런데 자네, 어떤 사람이 그날 기분이 좋으면 왜 그런지 알겠나?"

"아니, 왜 그런가?"

"전날 밤에 잠이 깊이 들어서 좋은 꿈을 많이 꾸었을 경우에 그렇다네. 그러나 그 꿈을 결코 기억해서는 안 돼. 내게 오늘이 바로 그러한 날이야. 아주 화려하고 재미있는 꿈들을 함께 꾸었지. 그런데 모두 잊어버렸어. 다만 멋지고 아름다웠다는 것만 기억날 뿐이네."

우리는 아침 우유를 마시려고 가까운 마을로 떠났다. 거기에 도착하기 전에 크눌프가 부드럽고 경쾌한 목소리로 힘도 들이지 않고 즉흥적으로 지은 노래를 서너 곡 불렀다.

그 노래들은 아마 글로 적거나 인쇄해도 별 의미는 없을 것이다. 그러나 크눌프는 대시인은 아니더라도 평범한 시인은 되었다. 그가 자작 노래들을 직접 부를 때면 그것들은 종종 다른 아주 아름다운 노래들과 마치 아름다운 자매들이 노닐 듯 잘 어울려 보이는 때가 있었다. 내가 기억하고 있는 어떤 대목이나 구절은 참으로 아름다워서 아직도 내게는 여전히 소중하다. 그의 노래들 가운데 글로 남은 것은 하나도 없다. 그의 노래들은 미풍이 불듯 고요히 불어와 활기를 띠다가 아무런 부담도 없이 홀연히 사라져갔다. 그러나 그의 노래들은 나와 그 자신뿐만 아니라 많은 어린아이들과 노인들에게까지도 잠시나마 아름답고 사랑스러운 시간을 주곤 하였다.

환하게 일요일이 밝아 오네
예쁜 아가씨가
문을 나서듯
붉고도 당당하게
전나무 숲 위로 불끈 솟아오르네

이렇게 그는 그날 아침의 태양을 노래하였다. 태양은 거의 언제나 그의 노래 속에 나타나 찬미되었다. 그런데 이상하게도 그는 말을 할 때는 명상에 잠기곤 했으나, 노래를 부를 때는 밝은색 여름옷을 입은 말끔한 어린아이들처럼 신이 나 거침없이 뛰는 것이었다. 때때로 그 노래들은 아무런 뜻도 없이 우스꽝스럽기도 하고, 단지 그의 들뜬 기분을 밖으로 내뿜으려고 불려지는 경우도 있었다.

그날은 나도 완전히 그의 기분에 휩쓸려 지냈다. 우리는 만나는 사람들 누구에게나 인사를 건네고 농담도 했다. 그렇게 하고 지나치면 등 뒤에서 그들은 웃기도 하고 우리를 욕하기도 했다. 이리하여 그날은 온종일 우리에게 축제같이 지나갔다. 서로 학생 시절에 장난쳤던 일이나 익살 부렸던 일에 관해 이야기했고, 지나가는 농부들과 때로는 그들이 끌고 가는 말과 소들에게까지도 별명을 지어 주었다. 그리고 사람이 보이지 않는 정원의 담 옆에 가서는 훔쳐 온 구즈베리 열매를 배불리 먹었다. 걷는 도중에 거의 매시간 쉬면서 우리의 힘과 장화의 밑창이 닳는 것을 아꼈다.

어렸을 때부터 크눌프를 알아왔지만 이날같이 부드럽고 다정하고 즐거웠던 날은 없었다. 그래서 나는 오늘부터 정말 재미있는 공동생활이 시작되어 좋은 여행과 재미있는 일들이 있을 것이라고 기대하였다.


한낮은 후덥지근해서 우리는 걷기보다는 풀밭에 누워 쉬는 때가 더 많았다. 그리고 천둥번개가 치고 소나기가 오려는지 무더워져서 우리는 저녁에 묵을 숙소를 찾기로 결정했다.

크눌프는 이제 점점 말이 없어지더니 조금 피로해진 듯했다. 그러나 나는 그것을 거의 눈치채지 못했다. 그가 나와 같이 있으면서 줄곧 다정하게 웃었고 내가 노래를 부르면 종종 따라서 함께 불렀기 때문이다. 나는 점점 더 신이 나서 기쁨이 불꽃처럼 가슴 속에서 계속 훨훨 이는 것을 느꼈다. 그러나 크눌프는 아마 나와 반대로 축제와 같은 불꽃이 이미 사라지기 시작했던 것 같았다. 그 당시 나는 기쁜 날이면 밤이 깊어질수록 더욱 기분이 들뜨곤 했다. 사실 재미있는 행사가 있은 뒤에는 다른 사람들은 벌써 피로해져서 잠들어 버렸는데도, 나는 여전히 흥분해서 밤에 몇 시간이고 혼자서 여기저기 걸어 다닌 적도 있었다.

그날 저녁에도 나는 이렇게 치솟는 기쁨의 열기에 사로잡혀 있었다. 그래서 우리가 골짜기를 따라가다가 어느 화려해 보이는 마을에 이르렀을 때 즐거운 하룻밤을 지낼 수 있으리라고 기대했다. 일단 우리는 마을의 외진 곳에 있고 출입하기에 편리한 창고를 그날 밤을 보낼 숙소로 결정했다.

그런 다음에 마을로 들어가 어떤 아름다운 술집 정원으로 들어갔다. 오늘은 기쁜 날이어서 나의 친구를 손님으로 대접하기로 하고 오믈렛과 맥주를 몇 병 살 생각을 하고 있었기 때문이다.

크눌프도 역시 초대를 기꺼이 받아들였다. 그러나 아름다운 플라타너스 나무 밑에 놓인 술집 탁자 앞에 자리를 잡자 그는 반쯤 당황한 태도로 이렇게 말했다.

"자네, 술을 취하도록 마시지는 말기로 하세, 됐지? 맥주 한 병 정도는 나도 기꺼이 마시지. 그러면 몸에도 좋고 기분도 좋아질 테니까. 그러나 그 이상이면 나는 견디지 못하네."

나는 그렇게 하자고 말했지만 속으로는 많든 적든 우리가 즐거워질 때까지 마셔야겠다고 생각했다. 우리는 맥주에 곁

들여 뜨거운 오믈렛과 새로 구운 단단한 갈색 호밀빵을 먹었다. 곧이어 나는 맥주를 한 병 더 시켰는데, 크눌프는 아직 반 병도 마시지 못하고 있었다. 나는 멋지게 차려진 탁자 앞에 또다시 호강하는 신사같이 앉아 있으니 기분이 아주 좋아져서 오늘 저녁에도 한껏 즐겨야지 하고 생각하였다.

크눌프가 그의 맥주 한 병을 다 마셨을 때 내가 더 마시자고 재촉했는데, 그는 거절했다. 그러면서 좀 더 마을 안으로 들어가 돌아다니다가 일찍 자러 가자고 제안했다. 나는 전혀 그럴 마음이 없었지만 그렇다고 정면으로 반대하고 싶지도 않았다. 그리고 나의 맥주병이 아직 비지 않았으므로 그가 조금 앞서 떠나는 것에 반대하지도 않았다. 어쨌든 나중에 우리는 다시 만날 것이기 때문이었다.

그러자 그는 먼저 일어나서 갔다.

별 모양의 꽃을 한 송이 귀 뒤에 꽂고 느릿느릿 즐기듯 여유로운 발걸음으로 층계를 몇 걸음 내려가 넓은 길로 들어서더니 마을 쪽으로 천천히 걸어가는 그의 뒷모습을 나는 바라보았다. 그리고 그가 나와 함께 맥주를 한 병 더 비우지 않은 것이 섭섭하기는 했어도, 그의 뒷모습을 바라보면서 마음이 기뻐지고 정이 느껴져 '자네, 좋은 녀석이야!'라고 생각했다.

그러는 동안에 해는 이미 저 버렸는데도 무더위는 더욱 심해졌다. 나는 그러한 날씨에는 가만히 앉아서 저녁의 상쾌한 맥주를 마시는 것을 좋아했다. 그래서 술 탁자 앞에 좀 더 앉아 있어야겠다고 생각했다. 손님이라곤 거의 나 혼자뿐이었으므로 여종업원도 나와 이야기를 나눌 만큼 한가로워졌다. 나는 여종업원에게 시가를 두 개비 주문했다. 하나는 크눌프를 위한 것이었으나, 나중에는 잊어버리고 그것마저 내가 피워 버렸다.

한 시간쯤 지났을까, 크눌프가 나를 데리고 가려고 돌아왔다. 그러나 나는 자리를 뜨기가 싫었다. 하지만 그는 피곤해서 자러 가고 싶었으므로 우리는 그가 먼저 가서 자기로 합의했다. 그리하여 그는 가 버렸다. 그러자 여종업원은 즉시 그에 대하여 나에게 묻기 시작했다. 그는 모든 아가씨들의 눈에 들곤 했기 때문이다. 그것에 대해 나는 거리낌은 없었다. 크눌프는 나의 친구이고, 또한 그 여자는 나의 애인이 아니었기 때문에 그녀의 물음에 나는 오히려 그를 한껏 추켜세워 말해 주었다. 그때 내가 기분이 좋아서 누구에게나 호감을 느꼈기 때문이기도 했다.

마침내 시간이 늦어져 자리에서 일어나려고 했을 때 천둥이 치고 플라타너스 나무에는 조용히 바람이 불기 시작했다. 나는 계산을 하고 여종업원에게 10페니히를 준 다음에 천천히 길을 나섰다. 걸으면서 생각해 보니 맥주를 한 병 더 마신 것이 지나쳤다는 느낌이 들었다. 근래에는 심하게 술을 마시지 않고 지내왔기 때문이었다. 그러나 나는 술을 좀 하는 편이므로 기분은 그냥 좋았다. 그래서 가는 길 내내 줄곧 노래를 흥얼거리면서 숙소까지 다시 찾아왔다.

조용히 안으로 들어가니 크눌프는 벌써 깊이 잠들어 있었다. 갈색 겉저고리를 펴놓고 그 위에 팔을 베고 누워 규칙적으로 숨 쉬고 있는 모습을 나는 바라보았다. 그의 이마와 드러난 목덜미, 그리고 뻗쳐 있는 한 손이 희미한 어둠 속에서 창백하게 빛났다.

나는 옷을 입은 채로 그냥 자리에 누웠다. 그러나 흥분한 데다 머리가 몽롱한 상태여서 잠을 이루지 못하고 자꾸만 깨다가, 새벽 동이 틀 무렵에야 마침내 깊은 잠에 빠져 들었다. 깊이 잠들기는 했으나 결코 기분 좋은 잠은 아니었다. 몸이 무겁고 지쳐서 불분명하지만 괴로운 꿈을 꾸었다.

이튿날 나는 늦게야 깨어났다. 벌써 대낮이어서 밝은 햇빛에 눈이 부셨다. 머리는 텅 빈 것 같았고 흐물거렸으며 사지가 노곤하였다. 길게 하품을 하고 눈을 비비고 나서 두 팔을 쭉 뻗으니 관절에서 툭툭거리는 소리가 났다. 그러나 피로함에도 불구하고 어제 가졌던 기분의 여운이 아직 남아 있었다. 그래서 가까이 있는 샘가에 가서 남은 취기를 씻어내야겠다고 생각했다.

그러나 그렇게 하지 못했다. 주위를 돌아보니 크눌프가 없었다. 나는 큰 소리로 부르기도 하고 휘파람을 불면서 그를 찾았다. 처음에는 그저 무심히 불렀으나, 큰 소리로 부르고 휘파람을 불어 찾아도 아무 대답도 돌아오지 않았다. 그제야 비로소 그가 나를 버리고 떠났다는 것을 갑자기 깨달았다.

그렇다, 그는 떠났다. 몰래 떠나 버린 것이다. 더 이상 내 곁에 남아 있기 싫었던 모양이다. 아마 내가 어제 취하게 술을 마신 것이 싫었는지도 모른다. 아니면 자기가 너무 마음대로 행동한 것이 오늘 생각해 보니 부끄러웠는지도 모른다. 아니면 그저 단순히 변덕이 발동해서 떠났는지도 모른다. 어쩌면 나와 함께 지내는 데 회의를 느꼈거나, 갑자기 고독이 필요하다고 생각했는지도 모른다. 그러나 아무튼 내가 취하게 마신 것에 다소 책임이 있는 것 같았다.

내게서 기쁨이 사라지고 수치와 슬픔이 온통 나를 감쌌다. 나의 친구는 지금 어디에 가 있는가? 나는 그가 하던 말들에는 반대했어도, 그의 심정을 조금은 이해하면서 그와 함께할 수 있을 것이라고 생각했었다. 그런데 이제 그는 떠났고, 나만 홀로 실망하여 서 있었다. 크눌프보다도 나를 더 책망하여야 했고, 이제 나는 고독하였다.

크눌프의 견해에 의하면 사람은 누구나 그 고독 속에서 산다. 그때만 해도 나는 나 자신이 그것을 맛보게 되리라는 것을 결코 믿으려 하지 않았었다. 고독은 쓰라린 것이었다. 그것을 느낀 첫날뿐만이 아니었다. 그 사이 세월이 지나면서 이따금 좀 나아진 때도 있었지만, 그 이후로 고독이 나를 완전히 떠난 적은 결코 없었다.

종말

시월의 어느 맑은 날이었다. 햇살이 가득한 가벼운 공기는 변덕스러운 잔잔한 바람에 흔들거리고, 들판과 정원들에서는 가을 모닥불의 푸르스름한 연기가 가늘고 길게 꼬리를 이으면서 피어올랐다. 연기는 빛나는 풍경을 덮었고 불타는 잡초와 잡목에서는 감미로운 냄새가 강하게 뿜어 나오고 있었다. 시골의 정원들에는 과꽃이 만발했고 늦게 핀 연한 빛의 장미와 달리아가 보였으며, 담장들 곁에는 이미 시들어 하얀 빛을 띤 잡초들 사이 여기저기서 금련화가 불꽃처럼 빛나고 있었다.

불라흐로 가는 시골길을 의사 마홀트가 말 한 필이 끄는 마차를 몰아 천천히 달리고 있었다. 위로 약간 경사진 고갯길로, 왼편에는 추수가 끝난 밭들과 아직 수확이 한창인 감자밭들이 있었다. 오른편에는 거의 숨 막힐 정도로 꽉 들어찬 어린 송림이 촘촘히 늘어선 줄기들과 마른 가지들로 갈색 벽을 이루고 있었다. 그 아래의 땅에는 떨어진 뾰족한 솔잎이 두껍게 쌓여 똑같은 마른 갈색을 이루고 있었다. 길은 일직선으로 곧게 뻗어 연한 푸른색 가을 하늘 속까지, 마치 세상이 끝나는 곳까지 이어지는 것 같았다.

의사는 양손에 말고삐를 느슨하게 잡은 채 늙은 말이 마음대로 가도록 내버려 두었다. 그는 어느 부인의 임종을 지켜보고 돌아오는 길이었다. 그 환자는 더 이상 손을 쓸 수 없는 상태였으나, 그녀는 마지막 순간까지 살려고 몸부림치다가 생을 마감했다. 의사는 몹시 지쳤기에 온화한 가을 날씨를 즐기면서 조용히 마차를 타고 돌아가고 있었다. 생각이 잠이 든 듯약간 몽롱해져서, 들판의 모닥불이 연기를 피어올리며 타다타닥 타는 소리를 그냥 따라가고 있었다. 어렴풋이 즐거웠던 학창 시절 가을 방학 때가 떠오르고, 울림이 풍부하기는 하나 형태는 뚜렷하지 않은 어린 시절의 희미한 기억으로까지 점차 거슬러 올라갔다. 그는 시골에서 자랐으므로 그의 감각은 그곳 계절의 모든 변화의 징후와 경치를 경험했었고 그것을 기꺼이 받아들이고 있었다.

거의 잠들어 있던 그는 마차가 멈추는 바람에 깨어났다. 길을 가로질러서 도랑이 하나 나 있었는데, 거기에 앞바퀴가 빠지자 말은 그 기회에 머리를 늘어뜨리고 멈춰서 쉬려고 했다.

마홀트는 바퀴 소리가 갑자기 멎자 정신이 번쩍 들어 고삐를 잡아당겼다. 잠시 정신이 몽롱했었지만 숲과 하늘이 여전히 밝은 태양 아래 빛나고 있는 것을 보고 미소를 지었고, 익숙하게 혀를 차며 말을 몰아 고개를 다시 올라가기 시작했다. 그러고 나서 마홀트는 등을 똑바로 세워 앉았다. 그는 낮에 조는 것을 좋아하지 않았다. 시가를 하나 꺼내 불을 붙였다. 마차는 천천히 계속 나아갔다. 챙이 넓은 모자를 쓰고 들에서 일하던 두 여인이 감자를 가득 담은 포대들이 길게 세워져 있는 곳 뒤의 그늘 속에서 몸을 내밀며 인사를 건넸다.

이제 고갯마루에 가까워졌다. 조랑말은 이 고개만 넘고 나면 자기 마을의 기다란 산등성이를 따라 쭉 달려 내려간다는 기대에 신이 나서 머리를 치켜들었다.

그때 고갯마루의 밝은 지평선 너머에서 사람의 모습이 하나 나타났다. 나그네였다. 마루턱에 잠시 멈춰 선 그는 창공을 뒤에 두고 있어서 한순간 키가 매우 커 보였으나, 내려오면서는 잿빛이 되어 작아졌다. 가까이 걸어오는데 보니까 짧은 수염을 기르고 남루한 옷을 입은 여원 남자였다. 이 국도를 따라서 고향으로 가는 사람 같았다. 그는 피로에 지쳐 힘겹게 걸어가고 있었으면서도 조용히 공손하게 모자를 벗고 그에게 인사를 건넸다.

"안녕하십니까?"

"안녕하십니까?"

마홀트 의사도 같이 인사를 해 주었다. 그리고 고개를 돌려 이미 스쳐지나간 낯선 이의 뒷모습을 돌아보았다. 그러다가 갑자기 말을 세우고는 일어나서 삐걱 소리가 나는 마차의 가죽 지붕 너머로 크게 소리쳤다.

"어이, 거기, 여보시오! 이리 좀 오시오!"

먼지투성이의 나그네는 멈춰 서더니 뒤돌아보았다. 그가 희미하게 미소를 지어 보이더니 다시 돌아서서 계속 걸어가려고 하는 것 같았다. 그러다가 무슨 생각을 했는지 순순히 되돌아섰다. 그는 의사의 지붕 낮은 마차 옆으로 오더니 서서 모자를 벗어 손에 들었다.

마홀트가 큰 소리로 물었다.

"어디로 가시는 길인지 물어봐도 됩니까?"

"이 길을 따라 베르히톨드제크 쪽으로 갑니다."

"우리 서로 아는 사이가 아닌가요? 다만 당신의 이름이 떠오르지 않습니다. 당신은 내가 누군지 아시지요?"

"마홀트 선생이시죠, 제가 보기에는."

"네, 그래요. 그런데 당신은요? 당신 성함이 어떻게 됩니까?"

"선생도 이미 나를 아실 겁니다. 우리는 전에 플로헤르 선생님 밑에서 나란히 앉아 같이 배웠으니까요, 의사 선생. 그 당시 당신은 내 라틴어 예습 공책을 빌려다 베껴 쓰곤 했지요."

이 말에 마홀트는 재빨리 마차에서 내려 남자의 눈을 들여다보았다. 그러다가 웃음을 터트리며 그의 어깨를 두드렸다.

"맞아! 자네는 그 유명한 크눌프 아닌가. 우린 학교 동창이고 말이야. 악수나 한 번 하세, 옛 친구! 우리 10년은 서로 못 보았지, 아마. 그래, 여전히 여행을 다니는가?"

"여전히 그렇지. 사람은 나이가 들수록 습관에 매이는 것 같네."

"그건 자네 말이 옳아. 그럼 어디로 여행을 가는 건가? 다시 고향 쪽으로 가는 길인가?"

"제대로 맞췄네. 게르베르사우로 가고 있었어. 거기서 해야 할 일이 좀 있어서."

"그래, 그렇군. 자네 가족 중 누가 거기에 아직 살고 있나?"

"이제는 아무도 없다네."

"그런데 자네, 더는 젊어 보이지 않는군, 크눌프. 우리는 이제 겨우 사십이 넘었잖은가, 우리 둘 다 말이야. 그런데 나를 보고도 그렇게 모르는 척 지나치려 하다니, 그건 자네가 잘못한 거야. 보아하니 자네, 아마도 의사가 필요할 듯한데."

"아니, 무슨 소리야. 나는 아무렇지도 않네. 혹시 어디 아프더라도 의사가 고칠 수 있는 병은 아니라네."

"그거야 두고 보면 알게 되겠지. 지금은 일단 올라타게. 나와 함께 가서 좀 더 얘기나 찬찬히 나누기로 하세."

크눌프는 조금 뒤로 물러서더니 모자를 다시 썼다. 마차에 오르도록 의사가 거들어 주려 하자 그는 당황한 기색이 역력해서는 거부하였다.

"아, 그런 거라면 집까지 갈 필요가 있겠나. 우리가 여기 서 있는 동안 말이 달아나지도 않을 텐데."

말하는 사이에 그에게 기침 발작이 일어났다. 그런 증세에 대해 잘 아는 의사는 지체 없이 그를 부축해서 마차에 태웠다.

그가 마차를 계속 몰면서 말했다.

"곧 마루턱에 도달할 것이네. 그러면 내리막길이라서 빨리 달리니까 30분이면 집에 도착할 거야. 자네, 기침이 나니까 이야기하려고 하지 않아도 되네. 나중에 집에 가서 계속 얘기하세. …… 뭐라고? …… 아니야, 그건 지금 자네한테 아무런 도움이 안 돼. 아픈 사람은 자리에 누워 있어야지, 길을 걸어 다니면 안 돼. 자네 알지? 예전에는 라틴어로 자네가 나를 많이 도와주었으니까 이번에는 내가 자네를 한 번 도울 차례지."

마차는 고갯마루를 넘어가자 바퀴 제동 거는 소리를 내면서 긴 언덕을 달려 내려갔다. 과일나무들 너머로 벌써 불라흐 마을의 지붕들이 보이기 시작했다. 마홀트는 말고삐를 짧게 잡고서 조심하며 마차를 몰았다. 크눌프는 피로하였으나 강제로 마차에 태워져 손님 대접을 받으며 달리는 것을 즐기면서 기분이 좀 좋아졌다. 그러면서도 내일이나 늦어도 모레는 뼈가 부서지지 않는 한 계속해서 게르베르사우로 떠나겠다고 생각하고 있었다. 그는 몇날 며칠, 혹은 몇 년이고 허송세월할 수 있는 기운찬 철부지 청년이 더 이상 아니었다. 그는 병자로서, 죽기 전에 고향을 한 번만 더 보겠다는 소원밖에 없는 나이 든 남자였다.

불라흐에 이르자 친구인 의사는 먼저 그를 집 안의 거실로 데리고 들어가 우유를 마시게 하고 햄을 바른 빵을 먹게 했다. 그러면서 이런저런 이야기를 나누었고 그들 사이에 서서히 친밀감이 다시 생겼다. 그런 후에 의사가 비로소 병세를 캐물었는데, 크눌프는 순순히 대답하면서도 다소 비꼬는 듯한 태도를 보였다.

"어디가 아픈지 사실 자네는 알고 있지?"

마홀트가 진찰을 끝내고 나서 물었다. 그는 심각하지 않은 것처럼 가볍게 말했다. 크눌프는 그의 그런 태도가 고마웠다.

"그래, 벌써 알고 있네, 마홀트. 폐병이야. 오래 못 버틸거라는 것도 알지."

"허, 그거야 누가 아나! 헌데 그렇다면 자네, 침대에 누워 간호를 받아야 한다는 것도 분명 잘 알고 있겠지. 얼마 동안 우리 집에서 지낼 수 있네. 그 동안에 가까운 병원에 입원할 병상을 구해 주지. 자네는 제정신이 아니야, 이 친구. 다시 이겨

내도록 정신을 차려야 하네."

크눌프는 겉저고리를 다시 걸쳐 입었다. 그는 여윈 잿빛 얼굴에 장난기가 서린 표정으로 의사에게 몸을 돌리더니 기분 좋게 말했다.

"정말 많이 애써 주는군, 마홀트. 자네 마음대로 해 주게. 하지만 나에게 큰 기대는 하지 말게."

"상태를 좀 보기로 하세. 정원에 해가 비치는 동안 햇볕 아래에 앉아 있게나. 리나가 자네 침대를 정리해 줄 거야. 우리는 자네를 철저히 감시해야겠어, 크눌프. 자네처럼 평생을 햇볕과 좋은 공기 속에서 산 사람이 하필 폐를 상하다니, 정말 이상한 일이야."

그렇게 말하고서 마홀트는 밖으로 나갔다.

가정부 리나는 크눌프 같은 떠돌이를 집 안의 손님방으로 들이는 것이 내키지 않았다. 그래서 반대했다. 그러나 의사는 그녀의 말을 막았다.

"그냥 내버려 둬, 리나. 저 사람은 결코 오래 살지 못할 거야. 우리 집에서나마 조금 편안하게 있어야지. 그래도 항상 깨끗하게 지내던 사람이야. 그가 자러가기 전에 목욕을 할 수 있게 해 주게. 내 잠옷도 하나 꺼내 주고, 내 겨울 슬리퍼도 하나 신도록 줘. 그리고 잊지 말아. 저 사람은 내 친구라는 것을."

*　　*　　*　　*　　*

크눌프는 열한 시간이나 푹 잠들었다가, 안개가 낀 아침에 눈을 떴다. 침대에 멍하니 누워 있다가 점차 정신이 들면서 자신이 누구의 집에 와 있는지 기억이 났다.

태양이 모습을 드러냈을 때 마홀트는 그를 깨워서 나오게 했다. 두 사람은 함께 식사를 하고 햇볕이 내리쬐는 발코니로 가서 붉은 포도주를 마셨다. 크눌프는 좋은 식사 후에 맛보는 포도주 반 잔에 기분이 좋아져서 말수가 늘었다.

의사도 휴식 시간을 한 시간이나 냈다. 이 이상하고 이해가 안 가는 동창생과 이야기를 좀 나누고 싶었고, 보통 사람과는 다른 이 사람의 생애가 궁금했던 것이다.

"그러니까 자네는 지금까지 살아온 삶에 만족한다는 말인가?"

그는 웃으며 말했다.

"그렇다면야 다 잘된 거지. 하지만 그렇지 않다면 사실 자네 같은 사람에게는 참 안된 일이네. 물론 자네가 목사나 교사가 될 필요는 없었겠지만, 그래도 자연연구가나 혹 시인이 되었더라면 좋았을 거야. 자네가 가진 재능을 잘 이용해서 계속 발전시켰는지는 잘 모르겠지만, 그 재주를 혹시 자기만을 위해 낭비한 것이 아닌가? 그렇지 않은가?"

크눌프는 수염이 듬성듬성 난 턱을 손에 받치고 팔을 괴고 앉아서 포도주 잔 뒤로 테이블보 위에 던져지는 태양 광선의 붉은빛을 바라보고 있었다. 그러다가 천천히 입을 열었다.

"꼭 그랬다고는 할 수 없네. 자네가 말한 내 재능이라는 것은 그리 대단한 것이 아니네. 나는 휘파람을 조금 불고, 손풍금을 치고, 가끔 시도 조금 짓지. 예전에는 좋은 달리기 선수였고, 춤도 좀 괜찮게 췄어. 그게 전부야. 게다가 나 혼자만 즐겼던 게 아니고, 대개 친구들이나 소녀들이나 아이들이 함께 어울려 즐겼어. 그들은 그것을 즐거워했고 그래서 때때로 내게 고마워했지. 이 정도로 이야기하고 만족하기로 하세."

"그러지. 그러기로 하세. 그래도 한 가지만 더 묻겠네. 그 당시 자네는 5학년까지 나와 라틴어 학교에 같이 다녔어. 아직도 자세히 기억하는데, 자네는 모범생은 아니었어도 훌륭한 학생이었네. 그러다가 갑자기 학교를 그만두고 사라졌는데, 들기에 초급학교로 갔다는 거야. 그때부터 우리는 서로 헤어지고 말았지. 라틴어 학교 학생인 나는 초급학교 학생과 친구로 지내면 안 되었으니까. 그때 왜 그랬나? 나중에 자네 소식을 들을 때마다 나는 늘 생각했었네. 자네가 우리 학교에 그대로 다녔다면 모든 게 달라졌을 거라고. 그래, 도대체 왜 그랬어? 학교가 싫어졌었나? 아니면 자네 아버지가 수업료를 더 이상 내주려 하지 않으셨나? 혹은 다른 이유가 있었어?"

병자인 크눌프는 햇볕에 그을린 갈색의 여윈 손으로 잔을 쥐었다. 그러나 마시지는 않고 포도주 잔을 통해 정원의 푸르스름한 빛을 들여다보더니 잔을 조심스럽게 다시 탁자에 놓았다. 그리고 묵묵히 눈을 감고 생각에 잠겼다.

"그것에 대해 말하기가 싫은가? 꼭 해야 되는 건 아니야."

친구 마훌트가 이렇게 덧붙였다.

그러자 크눌프는 눈을 뜨더니 탐색하듯이 오랫동안 의사의 얼굴을 쳐다보았다. 그러고는 조금 망설이는 태도로 말했다.

"아니야. 말해야 할 것 같아. 지금까지 아무에게도 말한 적이 없는데. 하지만 이제 들어줄 사람이 있으니 말하는 게 좋겠어. 물론 사실은 한 어린아이의 이야기에 불과하지만, 어쨌든 나에게는 중요한 일이었고, 또한 수년 동안 그것 때문에 괴로워했지. 그런데 자네가 하필 그 일을 캐묻다니 참 이상하군."

"아니 왜?"

"요즘 나도 그 일을 자꾸만 다시 생각하게 되었거든. 바로 그 이유 때문에 게르베르사우로 다시 돌아가려는 것이네."

"그래, 그럼 이야기해 주게."

"자네도 알지, 마훌트. 우리는 삼사 학년까지는 친했어. 그후로는 잘 어울려 놀지 않았지. 자네가 가끔 우리 집 앞에 와서 휘파람을 불어 나를 불러내려 했지만 헛수고였네."

"맙소사, 그래, 정말 그랬어! 벌써 20년 전 일인데, 그동안 나는 까맣게 잊고 있었어. 이런, 자네의 기억력은 참 대단하군! 그래, 그래서?"

"왜 그랬는지 지금은 자네에게 말할 수 있네. 여자 때문이었다네. 나는 꽤 일찍부터 여자들에게 호기심이 생겼었네. 자네가 여전히 황새가 갓난아이를 데려다준다는 이야기를 믿고 있었을 때, 나는 벌써 남자와 여자가 어떻게 다르게 만들어졌는지 알고 있었단 말일세. 그것이 그 당시는 나의 주요 관심사였지. 그래서 자네들의 인디언 놀이에 더 이상 끼어들지 않았던 거야."

"그때 자네는 겨우 열두 살이었잖아?"

"거의 열셋이었네. 내가 한 살 많으니까. 한번은 몸이 아파 누워 있는데, 친척 여자애가 우리 집에 와 있었네. 나보다 서너 살 위였지. 그 여자애는 나와 놀아주었는데, 병이 나았을 무렵의 어느 밤에 나는 그 여자애의 방에 불쑥 들어갔네. 거기서 나는 여자가 어떻게 생겼다는 걸 알게 되었고 소스라치게 놀라 도망쳐 버렸네. 그 후부터는 그 여자애와 더 이상 말하기도 싫었어. 그녀가 싫어졌고, 두렵기까지 했네.

그러나 그날 밤의 일은 한 번 머리에 박힌 후 떠나지 않았어. 그래서 한동안 여자애들만 쫓아다녔지. 피혁공 하시스의 집에 내 또래의 여자애가 둘이 있었는데, 근처에 사는 다른 여자애들도 그 집에 모여서 놀곤 했다네. 우리는 캄캄한 창고에서 숨바꼭질도 하고, 늘 우스운 이야기를 하면서 킥킥거리거나 비밀스런 장난을 많이 하며 놀았지. 그 무리에서 남자는 대개 나 혼자뿐이었어. 그래서 이따금 내가 여자애들의 머리를 땋아 주기도 하고, 키스를 받기도 했어. 다들 아직 어렸으니 제대로 아는 건 아니었지만, 좋아하는 감정은 가득했다네. 여자애들이 목욕할 때 숲속에 숨어서 엿본 적도 있어. 그런데 하루는 낯선 여자애가 나타났네. 변두리 마을에서 왔는데, 아버지가 편물공장 직공이었어. 이름이 프란치스카였는데, 나는 그 애를 보자마자 첫눈에 마음에 들었네."

의사 마홀트가 크눌프의 말을 가로챘다.

"아버지 이름이 뭐였지? 나도 그 여자를 알 것 같은데."

"미안하네, 그 이름은 말하고 싶지 않아, 마홀트. 내 얘기에 꼭 필요한 이름은 아니니까. 또 누가 그녀에 대해 아는 것도 원하지 않네. 그건 그렇고, 그 여자는 나보다 키도 크고 힘도 더 세었지. 우리는 때때로 서로 장난도 치고 싸움질도 했네. 그 여자가 나를 붙잡아 아플 정도로 꽉 누르면 머리가 어지러워지면서 꼭 뭔가에 취한 것 같은 기분이었다네. 나는 그 여자에게 반했어. 그래서 나보다 두 살 위인 그 여자가 자기는 이제 곧 애인이 생기기를 바란다고 말하는 것을 듣자, 내가 그 애인이 되었으면 하는 것이 나의 유일한 소원이었네.

언젠가 그 여자는 덤불 숲 옆을 흘러가는 냇가에 혼자 앉아서 발을 물에 담그고 있었네. 냇물에서 목욕을 한 뒤라 속옷만 입고 있었지. 그때 나는 그 여자의 옆으로 가서 앉았네. 그리고는 갑자기 용기가 나서 '난 네 애인이 되고 싶어. 아니, 애인이 되어야겠어'라고 말해 버렸어. 그랬더니 그 여자는 갈색 눈으로 나를 동정하듯이 바라보더니 '너는 아직 반바지를 입는 어린애야. 애인이니 연애니 하는 것에 대해 대체 뭘 아니?' 하지 않겠나. 그래서 나는 다 안다고 말하면서, 만약 그녀가 나를 애인으로 받아주지 않으면 당장 그녀를 물에 밀어 넣고 나도 같이 빠져 버리겠다고 했지. 그러자 그 여자는 성숙한 여인의 눈초리로 나를 유심히 바라보았네. 그리고 이렇게 말하는 거야.

'그래, 그럼 어디 볼까. 너 키스할 수 있어?'

나는 '그럼' 하고 재빠르게 그 여자의 입술에 키스했고 '이것으로 됐을 거야' 하고 생각했네. 그러나 그 여자는 내 머리를 잡아채더니 꼭 붙잡고는 성숙한 여인처럼 제대로 키스를 하는 것이었어. 나는 귀가 멍해지고 앞도 잘 보이지 않았어. 그러자 그 여자는 낮은 소리로 웃었지.

'얘야, 너는 곧 내게 적당한 남자가 될 수 있겠어. 그러나 안돼. 라틴어 학교에 다니는 소년을 내 애인으로 할 수는 없어. 그런 학교에는 제대로 된 사람이 없으니까. 내 애인은 제대로 된 남자여야 해. 직공이라든가 노동자 말이야. 학생은 안 돼. 공부는 해봤자 아무 소용없어.'

이렇게 말하더니 나를 자기 무릎 위에 끌어당겨 앉혔는데, 그녀의 몸이 아주 포근해서 좋았고, 두 팔에 꼭 안겨 있으니까 기분도 좋았어. 그 여자에게서 떨어진다는 것은 생각할 수도 없었어. 그래서 나는 프란치스카에게 다시는 라틴어 학교에 안 가고 직공이 되겠다고 약속을 하고 말았지. 그 여자는 웃기만 했는데 나는 포기하지 않았고 계속 그대로 있었어. 그러자 나중에 그 여자는 다시 키스를 해 주면서, 내가 라틴어 학교에 안 다니면 내 애인이 되어 줄 것이며, 나를 자기 곁에서 행복하게 해 주겠다고 약속했어."

크눌프가 말을 끊고 잠시 동안 기침을 했다. 의사 친구는 주의 깊게 그를 바라보았다. 잠시 침묵이 흘렀다.

크눌프가 다시 말을 이었다.

"자, 이제 자네는 그 이야기를 알았겠지. 물론 그 일은 내 기대만큼 빠르게 이루어지지는 않았네. 내가 아버지에게 라틴어 학교가 싫어서 더는 다닐 수 없다고 알리자 아버지는 내 뺨을 때리셨네. 나는 당장 어떻게 해야 할지 모르겠더군. 우리 학교에 불을 지를 생각도 종종 해 보았지. 어린애다운 유치한 생각이었지만, 중요한 것은 내가 진지했었다는 거야. 결국 유일한 방법이 떠올랐네. 바로 학교에서 게으름을 피우는 거였지. 자네는 그것을 전혀 몰랐었나?"

"옳아, 이제야 어렴풋이 떠오르네. 자네는 한동안 매일같이 방과 후에 학교에 남아서 벌을 섰지."

"그래, 나는 수업 시간에 나태해졌고 엉뚱하게 대답하는가 하면, 숙제도 전혀 하지 않고 학교 공책마저 잃어버리곤 했네. 매일 뭔가 일을 저질렀고, 결국은 그러는 것이 오히려 재미있어지더군. 그래서 선생님들을 힘들게 했었지. 더 이상 라틴어는 물론이고 학용품도 모두 내게는 별로 중요하지 않게 되어버렸어. 자네도 알다시피 나는 늘 예민한 편이어서 뭔가에 새로 정신이 팔리면 한동안은 세상 어떤 것도 싫고 오직 그것에만 관심을 쏟았네. 처음에는 체조에 장신이 팔렸다가, 나중에는 송어잡기, 식물 채집이었지. 그런데 바로 그 당시에는 여자한테 정신이 다 팔린 거야. 여러 가지 일을 뼈저리게 느끼고 경험을 쌓기 전까지는 다른 것은 전혀 나에게 중요하지 않았네. 학교 의자에 앉아서 문법의 동사 변화를 외우면서도, 어리석게도 어제 저녁에 몰래 본 목욕하던 여자아이들 생각만 하고 있으니 어찌 되겠나. 게다가 아마 선생님들도 눈치를 채신 모양이었어. 그래도 그분들이 대체로 나를 예뻐하셔서 관대히 넘어가 주시려는 바람에, 내 계획이 수포로 돌아갈 뻔했지. 그런데 이번에는 프란치스카의 남동생과 친해진 거야. 공립학교 졸업반 말썽꾸러기였어. 그 애한테 많은 것을 배웠는데 좋은 건 하나도 없었고, 시달림도 많이 당했지. 반년 만에 마침내 나는 목적을 달성했네. 아버지한테 반쯤 죽도록 매를 맞았지만,

학교에서 퇴학을 당해서 프란치스카의 동생이 다니는 공립학교의 같은 반에 편입이 된 것이었네."

"그럼 그 여자는?"

"그래, 바로 그것이야말로 비참한 일이었어. 그 여자는 나의 애인이 되지 않았네. 내가 그 여자의 동생과 함께 이따금 그녀 집에 가면 그전보다 더 나를 무시했어. 마치 내가 더 별 볼일 없어졌다는 듯이. 그리고 공립학교로 옮기고 두 달쯤 지났을까, 내가 종종 집에서 몰래 빠져나가는 습관이 생겼을 때 비로소 진실을 알게 되었지. 어느 늦은 저녁, 리데르 숲을 배회하고 있었는데 의자에 연인이 앉아 있었어. 그래서 전에도 몇 번 하던 버릇대로 그들의 이야기를 엿들으려고 가까이 가서 엿보았는데, 프란치스카와 어떤 직공인 거야. 내가 있는 것은 전혀 모른 채, 남자는 한 팔을 여자의 목에 두르고 한 손에는 담배를 들고 있었어. 여자의 가슴은 풀어헤쳐져 있었는데, 한 마디로 끔찍한 광경이었네. 그렇게 모든 것이 수포로 돌아가 버렸네."

마홀트는 친구의 어깨를 툭 쳤다.

"흠, 오히려 자네에게는 잘된 일이었잖은가."

그러나 크눌프는 신경질적으로 머리를 강하게 흔들었다.

"아니, 전혀 그렇지 않아. 만약 그 일이 다르게 흘러갔더라면 좋았을 것이네. 프란치스카에 관해서는 아무 말도 하지 말게. 그 여자 험담은 하고 싶지 않아. 그리고 만약 그 일이 순조

롭게 되어 갔더라면 나는 사랑을 아름답고 행복한 방식으로 알게 되었겠지. 그랬더라면 아마 공립학교나 아버지와의 관계도 모두 잘 되어 갔을 거야. 왜냐하면, 뭐랄까, 그 이후로 나는 많은 친구와 지인, 동료, 그리고 애인도 가졌지만, 결코 다시는 사람의 말을 믿지 않았고, 나 자신도 약속에 얽매이는 일이 없어지게 되었기 때문이네. 다시는 그럴 수 없게 되었지. 나는 내 마음에 맞는 대로 살았기 때문에 자유스럽고 아름답게 사는 데는 부족하지 않았지. 그러나 나는 항상 혼자 지냈다네."

그는 잔을 들더니 조금 남은 포도주를 조심스럽게 마시고서 일어났다.

"자네가 괜찮다면 나는 다시 가서 좀 누워야겠네. 그 얘기는 더 이상 하고 싶지 않네. 자네는 아직 할 일이 있겠지?"

의사는 고개를 끄덕이다가 급히 말을 이었다.

"잠깐만, 또 있네, 자네! 오늘 병원에 편지를 써서 자네 병상을 부탁하려고 하네. 자네는 마음에 안 들지 몰라도 별 다른 도리가 없어. 빨리 치료를 받지 않으면 자네는 큰일나네."

"뭐라고!"

크눌프는 여느 때와 달리 격한 소리로 외쳤다.

"큰일나도록 그냥 내버려 두게! 그렇게 해 보았자 더 이상 아무 소용 없어. 그건 자네 자신도 알고 있지. 무엇 때문에 이제 또다시 병원에 감금이 된단 말인가?"

"그렇지 않아, 크눌프, 좀 정신을 차리게! 자네가 그렇게 방황하도록 내버려 둔다면, 나는 형편없는 의사가 되는 것이네. 오베르슈테텐에는 분명히 자네를 위한 입원실이 있을 거야. 자네를 위해 내가 특별히 편지를 써 주겠네. 그리고 일주일 후에 내가 직접 한 번 자네를 찾아가서 보겠네. 약속하지."

방랑자 크눌프는 다시 자리에 털썩 주저앉았다. 눈물이 글썽했고, 여윈 두 손을 추워서 떠는 것처럼 비볐다. 그는 애원하듯 어린애같이 의사의 눈을 들여다보면서 아주 나직한 목소리로 말했다.

"그래, 내가 이러는 건 옳지 않지. 자네는 내게 너무 많은 것을 해 주었네. 이렇게 붉은 포도주까지 대접해 주고. 모든 게 내게는 너무 좋고 아름답다네. 그런데, 나쁘게 생각하지는 말게. 자네에게 큰 부탁이 하나 있어."

마홀트는 위로하듯 크눌프의 어깨를 툭 쳤다.

"소심하긴, 이 사람아! 누가 자네 목에 달려들까 봐 그러나. 그래, 부탁이 뭔가?"

"자네, 화내지 않을 거지?"

"전혀. 그럴 이유가 있겠나?"

"그럼 부탁하겠네, 마홀트. 제발 내게 호의를 베풀어 부탁을 꼭 들어주어야 하네. 다름 아니라 나를 오베르슈테텐에 보내지 말아 주게! 꼭 병원에 입원해야 한다면 게르베르사우로 보내 줘. 거기에는 지인도 있고 또 고향이니까. 아마 빈민구호 치료도 더 잘해 줄 거야. 난 거기서 태어났고, 또 어쨌거나……."

그는 눈으로 열렬히 애원하였고, 흥분해서 말은 더듬거렸다.

'이 친구 열이 심하구나.'

그래서 마홀트는 차분히 말해 주었다.

"자네 부탁이 그것뿐이라면 곧바로 해결해 주겠네. 자네 말대로 게르베르사우 병원으로 편지를 쓸게. 자네는 이제 가서 눕게. 피로하겠군. 말을 너무 많이 했어."

마홀트는 발을 끌며 집 안으로 들어가는 그의 뒷모습을 바라보았다. 문득 크눌프가 송어낚시질을 가르쳐 주던 어느 여름이 생각났고, 또 친구들을 잘 다루고 잘 거느리던 그의 영리한 솜씨와 열두 살 순수한 소년의 상기된 얼굴도 떠올랐다.

"불쌍한 친구!"

그는 측은한 느낌이 들면서 마음이 무거워졌다. 그는 일하러 가려고 서둘러 일어났다.

\*　　\*　　\*　　\*　　\*

이튿날 아침은 안개가 끼어 있었고, 크눌프는 온종일 침대에 누워 있었다. 의사가 책을 몇 권 가져와서 옆에 놓아 주었으나 그는 거의 손도 대지 않았다. 기분이 안 좋고 우울했다.

따뜻한 보살핌과 간호, 좋은 침대와 부드러운 음식을 받자, 살날이 끝나고 있음이 더욱 분명하게 느껴졌기 때문이다.

그는 이대로 한동안 누워 있다가는 다시는 일어나지 못할 것이라는 생각이 들어 기분이 언짢았다. 그에게는 삶이 더 이상 중요한 일이 아니었다. 길 위를 떠도는 매력도 지난 몇 년 사이에 사라졌다. 그러나 게르베르사우를 다시 한 번 보기 전에는 죽고 싶지 않았다. 고향의 강과 다리, 시장 광장, 아버지의 소유였던 정원, 그리고 예전의 프란치스카를 한 번 더 보고 그 모두와 작별을 고한 뒤에 세상을 떠나고 싶었다. 이후의 몇몇 연애 사건들은 잊었다. 마찬가지로 그가 방랑했던 오랜 세월들은 지금에 와서 그에게 짧고 하찮은 일이었던 것처럼 보이는 반면에, 신비스러움으로 가득 찼던 소년 시절은 새로운 빛과 매력을 더해가면서 기억에 떠올랐다.

그는 소박한 응접실을 유심히 살펴보았다. 오랜 세월 동안 이런 좋은 데서 지내지 못했다. 그는 부드러운 침대보, 무늬 없는 털 이불, 아름다운 베갯잇을 꼼꼼히 바라보고 손으로 쓰다듬어 보았다. 단단한 나무로 된 마룻바닥과 벽에 걸린 사진에도 관심이 갔다. 베니스의 총독 관저 사진으로, 유리 모자이크 틀 안에 들어 있었다.

그리고 나서 그는 뜬눈으로 다시 오랫동안 누워 있었다. 이번에는 무엇을 응시하는 것도 아니고, 그저 피로에 지쳐 자신의 병든 몸에 앞으로 어떤 일이 더 일어날지에 대한 생각에만 몰두하고 있었다. 그러다가 갑자기 몸을 벌떡 일으키더니 재빨리 침대 아래로 허리를 굽혀 급히 손으로 장화를 들어 올렸다. 그리고 그것을 꼼꼼히 살펴보았다.

장화는 그리 새것은 아니었지만 지금이 시월이니 첫눈이 올 때까지는 신고 견딜 만해 보였다. 하지만 그 후에는 더 이상 못 신을 것이다. 마홀트에게 헌 신을 한 켤레 달라고 부탁할까 생각했다가, 그가 미심쩍게 여길까 봐 관뒀다. 병원에 입원하러 가면서 무슨 신발이 소용이 있겠는가. 그는 구두의 가죽이 해진 곳을 조심스럽게 만져 보았다. 기름을 잘 칠하면 한 달은 견딜 것 같았다. 괜한 걱정을 했다. 장화는 그런대로 신을 수 있을 것 같았다. 아마도 이 헌 장화가 자기보다 더 오래 견딜 것 같고, 그가 방랑하던 길에서 사라진 뒤에도 여전히 소용될 것 같았다.

그는 장화를 내려놓고 깊이 숨을 들이쉬려고 했으나 통증이 일고 기침이 났다. 그는 조용히 누워서 기침이 멎기를 기다렸다. 숨을 가쁘게 쉬면서 자신의 마지막 소원이 이루어지기 전에 병세가 더 나빠지지 않을까 하는 불안을 느꼈다.

크눌프는 이미 여러 번 그랬듯이 다시 죽음에 대해 생각해 보려 했으나 머리가 피곤해지면서 선잠에 빠졌다. 한 시간쯤 후에 깨어나자 온종일 잔 것 같이 정신이 맑아져서 마음이 안

정되었다.

그는 마홀트를 떠올렸다. 이곳을 떠난다면 뭔가 감사의 표시를 남기고 가고 싶었다. 어제 의사가 시를 짓던 것에 대해 말했던 것이 생각나서 자작시를 한 편 쓰고 싶었다. 그러나 완전히 기억나는 것이 하나도 없고 또 마음에 드는 것도 없었다. 창 너머로 가까운 숲속에 안개가 낀 것이 보였다.

오랫동안 그것을 응시하고 있자 시상이 하나 떠올랐다. 그는 침대 옆 탁자 서랍에서 깨끗한 흰 종이를 꺼내 어제 이 집에서 발견해서 챙겨 뒀던 몽당연필로 몇 줄을 써 나갔다.


안개가 내리면
모든 꽃들은
시들어지리라.
사람도 죽어
무덤 속에 묻히리라.


사람도 또한 꽃들처럼
봄이 오면
모두 다시 태어나리라.
그때 다시는 아프지 않고
모두가 용서받으리라.

그는 손을 멈추고 자신이 쓴 것을 읽어 보았다. 운율도 맞지 않아 제대로 된 시라고 할 수 없었다. 그러나 자신이 말하고 싶은 것이 담겨 있었다. 연필을 입술에 대고 침을 바른 후에 그 밑에 다음과 같이 적었다.

"존경하는 의사 마홀트 씨에게
– 진정으로 감사하는 친구 K로부터"

그런 다음에 그는 쪽지를 탁자의 서랍에 넣었다.

*　　*　　*　　*　　*

다음날은 안개가 더욱 짙게 끼었고 바깥 공기도 몹시 차가 웠다. 낮이 되어서야 해를 조금 볼 수 있었다. 의사는 크눌프가 간절히 사정했기 때문에 마지못해서 일어나도 좋다고 허락했다. 그리고 게르베르사우 병원에 그의 병상을 마련했으며 거기에서 그를 기다리고 있다고 말해 주었다.

"그러면 점심 식사 후에 곧 걸어서 가기로 하겠네. 네 시간쯤 걸릴까. 아니, 다섯 시간쯤 걸리겠어."

크눌프의 말에 마홀트가 웃으며 큰 소리로 말했다.

"그건 안 돼! 지금 자네 상태로 걷다니. 다른 차편이 없으면 나와 함께 마차로 가세. 일단은 마을 촌장에게 사람을 보내 보 겠네. 혹시 과일이나 감자를 싣고 그곳 시내로 갈 일이 있을지 도 모르니까. 하루쯤은 늦게 가도 별 상관 없을 것이네."

손님인 크눌프는 그 말에 따르기로 했다. 그리고 다음날 촌 장의 하인이 송아지 두 마리를 데리고 게르베르사우로 간다는 소식을 듣자 그 마차에 동승하기로 결정했다.

"그런데 자네, 좀 더 따뜻한 옷이 필요하겠는데. 내 옷을 하 나 입겠나? 혹시 자네한테는 좀 클까?"

크눌프는 반대하지 않았다. 옷을 가져와서 입어 보니 잘 맞 았다. 그러자 크눌프는 고급 옷감에 손질도 잘된 양복을 보고 허영기가 있던 옛날 어린 시절처럼 좋아하며 곧 단추를 바꾸 어 달았다. 그가 하는 대로 내버려 두고 재미있게 바라보던 의 사는 넥타이도 하나 챙겨 주었다.

오후가 되자 크눌프는 아무도 몰래 새 양복을 입어 보았다. 자신의 옷 맵시가 다시 좋아진 것을 보자 최근에 더 이상 면도 를 하지 않았다는 생각이 들어 언짢았다. 그러나 가정부에게 가서 의사의 면도칼을 빌려 달라고 말할 용기가 나지 않았다. 그래도 마을에서 대장간을 하는 아는 사람이 있었다. 그에게 가서 하나 빌리기로 하였다.

이윽고 그는 대장간을 찾아갔다. 그는 공장 안으로 들어가 옛날 직공들이 하는 식으로 말했다.

"딴 데 있다가 온 직공입니다. 일자리가 있는지 좀 알아보려고요."

주인은 냉정한 태도로 그를 훑어보더니 침착하게 말했다.

"자넨 대장장이가 아니야. 속이는 짓은 딴 데나 가서 하게."

방랑자 크눌프는 웃으며 말했다.

"맞습니다. 주인은 아직도 눈이 정확하군. 그런데 나를 몰라보는가? 알겠나? 나는 옛날에 유랑 악사였지. 자네는 하이데르바에서 몇 번인가 토요일 저녁이면 내 손풍금에 맞춰 춤을 추곤 하지 않았었나?"

대장간 주인은 미간을 찌푸리고 몇 차례 줄질을 하고 나더니 크눌프를 밝은 곳으로 데리고 가서 자세히 쳐다보았다.

"그래, 이제야 알겠네."

그는 잠깐 웃었다.

"자네 크눌프 아닌가. 오래 못 보았더니 더 늙었군. 불라흐에는 무슨 일로 왔나? 10페니히나 포도주 한 잔쯤은 줄 수 있는데."

"그거 괜찮은 얘기군. 받은 것으로 해 두지. 그보다 다른 부탁이 있네. 면도칼을 15분쯤 빌릴 수 있겠나? 오늘 저녁에 춤을 추러 가려고 하거든."

주인은 손가락을 내밀어 그를 찌를 듯한 동작을 취했다.

"자네는 거짓말쟁이야, 이 사람아. 아직도 변치 않았구먼.

자넨 지금 전혀 춤출 형편이 아니야. 한눈에 알겠구만, 뭐."

크눌프는 유쾌하게 하하 웃었다.

"자네는 모든 걸 알아차리는군! 자네 같은 사람이 관리가 되지 못한 게 아쉽네. 그래, 사실은 내일 병원에 입원하네. 마홀트가 주선해 줬어. 이렇게 곰처럼 텁수룩한 수염을 한 채로 병원에 가고 싶지 않아서 그래. 자네도 이해하지? 내게 면도칼을 주게. 30분 후에 돌려주겠네."

"그래, 그런데 그것을 어디로 가져가려고?"

"의사한테 가지. 그의 집에 묵고 있다네. 자, 면도칼을 빌려 줄 거지?"

대장간 주인은 아직도 신뢰가 가지 않는 모양이었다. 계속 미심쩍은 표정이었다.

"주기는 주겠네만, 자네 알아? 내 면도칼은 보통 면도칼이 아니야. 가운데에 홈이 파인, 진짜 졸링겐 면도칼이라고. 꼭 돌려받고 싶은데."

"그 점은 믿게."

"그러지. 헌데 자네는 좋은 양복 저고리를 입고 있군, 친구. 면도하는 데는 필요가 없겠지. 말해두지만, 그것을 맡겨두게. 면도칼을 가져오면 돌려주지."

방랑자 크눌프는 얼굴을 찡그렸다.

"그럼 좋아. 자네는 별로 선심을 쓸 줄 모르지, 대장장이 친구야. 하지만 그래도 상관없네."

이윽고 대장간 주인은 면도칼을 내왔고, 크눌프는 겉저고리를 담보로 넘겼다. 그러나 그을음투성이의 대장장이가 그 옷을 만질 생각을 하니 참을 수가 없었다. 그는 30분 후에 다시 와서 졸링겐제 면도칼을 돌려주었다. 덥수룩하던 턱수염이 없어지고 그는 완전히 딴 사람같이 보였다.

"이제 귀 뒤에 패랭이꽃이라도 하나 꽂으면 신부를 얻으러 가도 되겠군."

대장간 주인은 그의 달라진 모습을 한층 인정하면서 말했다. 그러나 크눌프는 농담할 기분이 아니었다. 그는 겉저고리를 받아 다시 입고서 간단히 고맙다는 인사를 하고 자리를 떴다.

그는 집으로 돌아오다가 문 앞에서 의사를 만났다. 의사가 놀란 표정으로 그를 붙잡았다.

"어디를 그렇게 돌아다니나? 아니, 자네 모습이 달라졌군 그래! 허, 면도도 했고! 자네는 아직도 어린애 같군!"

그러나 그의 그런 모습이 의사의 마음에 들었다. 그래서 크눌프는 이날 저녁에도 다시 포도주 대접을 받았다. 두 동창이 이별주를 마시는 자리였다. 각자 최대한 즐거운 기분을 내서 서로에게 불안한 마음을 들키지 않으려고 애썼다.

다음날 아침에 시간을 맞춰 촌장집 하인이 마차를 끌고 왔다. 마차의 칸막이 우리 안에 송아지 두 마리가 무릎을 떨며 차가운 아침 공기 속을 응시하며 서 있었다. 초원에는 첫서리가 내려 있었다. 크눌프는 마차 앞의 하인 옆자리에 앉았고 무릎에 덮을 담요를 하나 받았다. 의사는 친구의 손을 꽉 잡았다가 놓고서, 하인에게 반 마르크짜리 동전을 건넸다.

마차는 덜컹거리며 숲을 향해 달려갔다. 그 사이에 하인은 파이프에 담뱃불을 붙였다. 크눌프는 조는 듯한 눈으로 연푸른색의 차가운 아침하늘을 바라보고 있었다. 그러나 나중에 해가 뜨자 낮에는 아주 더워졌다. 마차 앞에 앉은 두 사람은 아주 멋진 대화를 나누었다.

마침내 마차가 게르베르사우에 들어서자 하인은 마차에 송아지를 실은 채로 길을 돌아서 병원까지 데려다 주겠다고 했다. 그러나 크눌프는 핑계를 대면서 거절했고, 두 사람은 시내로 들어가는 입구에서 서로 다정하게 작별을 하였다. 크눌프는 그 자리에 서서 마차가 가축시장 근처의 단풍나무 아래로 사라지는 것을 물끄러미 바라보았다. 그는 슬며시 미소를 짓고 나서 그곳이 고향인 사람만이 알 수 있는 정원들 사이로 난 샛길을 걸어갔다.

다시 자유로워졌다! 병원에서 그를 기다리든 말든 상관없었다.

\*　　\*　　\*　　\*　　\*

고향에 돌아온 크눌프는 햇빛과 대기, 고향의 소리와 향기, 그리고 감격스럽고 충만한 고향의 친숙함을 다시 한 번 맛보았다. 농부와 마을 사람들이 가축시장에서 떠드는 소리, 갈색 밤나무들 밑의 햇빛이 든 그늘, 마을 성벽에서 슬픈 모습으로 날아가는 검은 늦가을 나비, 광장의 분수에서 사방으로 흩어지는 물소리, 술통 만드는 장인의 집 아치형 지하실 입구에서 나는 술 냄새와 들려오는 빈 통 두드리는 소리, 이름도 친숙한 거리들. 그것들 하나하나마다 불안한 회상들이 진하게 와 닿는 것이었다.

고향을 잊었다가 돌아온 방랑자 크눌프는, 모든 길모퉁이와 거기 놓인 돌들까지도 알아보고 그것들과 친밀했던 추억에 젖어 여러 가지 매력을 온몸의 감각으로 받아들였다. 그는 오후 내내 느린 걸음으로 모든 거리를 돌아다니며 피로한 줄도 모른 채 구경했다. 강가에 이르러서는 칼 가는 소리가 들려오는 것에 귀를 기울였고, 선반공 공장의 창을 통해 공장 안도 구경했으며, 새로 칠한 간판에 쓰인 낯익은 집들의 이름도 읽었다.

그는 광장에 있는 석조 분수의 물통에 손을 담갔다가, 갈증은 그 아래에 있는 수도원장 집 작은 샘에 가서 풀었다. 이 분수는 원래 아주 오래된 어느 집 지하에서 옛날부터 솟아나던 것이었는데 여전히 신비롭게 물이 솟아나고 있었다. 그 샘이 솟는 곳은 기이하게 밝은 어스름한 빛이 비치고 있어 돌판들 사이로 졸졸 흘러나오고 있었다.

강변에서 크눌프는 오랫동안 서 있었다. 흐르는 물 위에 있는 목제 난간에 기댄 채 검고 긴 수초가 떠서 펄럭거리는 모양과, 흔들리는 잔돌 위에 가는 등을 세우고 조용히 멈춰 있는 검은 물고기들을 바라보았다. 그는 낡고 좁은 판자다리를 건너다가 중간쯤에서 어린아이처럼 섬세하고 탄력 있는 다리의 반동을 느껴보려고 무릎을 굽혀 다리를 흔들기도 하였다.

서두름이 없이 그는 계속 산책을 하면서 보는 것마다 하나도 잊지 않고 기억하였다. 잔디밭에 서 있는 교회의 보리수며, 한때 즐겨 수영을 하던 위쪽 물레방아 옆의 방죽도 그대로 있었다.

오래 전에 그의 아버지가 살았던 집 앞에 와서는 낡은 대문 옆에 잠시 기대었고, 정원도 살펴보았다. 전에는 없었던 무미건조한 새로운 철조망 위로 새로 심은 나무들이 보였다. 그러나 빗물에 마모된 돌계단과 문 옆에 우뚝 서 있는 둥그스름한 마르멜로(모과) 나무는 여전히 옛날 그대로였다.

이곳에서 크눌프는 그의 삶에서 가장 좋았던 시절을 보냈었다. 그때는 아직 라틴어 학교를 쫓겨나기 전이었으므로, 이곳에서 그는 한때 충만한 행복, 끊임없는 성취감, 괴로움 없는 축복을 맛보았다. 앵두를 훔쳐 먹으며 즐거워하던 여름, 거기에 핀 꽃들을 관찰하고 가꾸면서 얼핏 정원사로서 느꼈던 행복도 생각났다. 사랑스러운 골드락, 우스꽝스런 메꽃, 벨벳처럼 부드러운 제비꽃들이 있었다. 토끼장, 일터, 도마뱀 굴, 딱총나무의 수관으로 만든 수도관, 널빤지로 만든 물받이가 달린 실감개를 가진 물레방아 등이 떠올랐다.

고양이가 잠드는 지붕치고 모르는 곳이 없었고, 과실이 열리는 정원치고 그 과실을 맛보지 않은 곳이 없었다. 또 올라가 보지 않은 나무도 없었다. 나무 꼭대기까지 올라갈 때면 그는 그곳에서 푸른 꿈의 둥지를 틀었었다. 이 한 조각의 작은 세계는 그가 깊은 신뢰를 갖고 알고 있으며 사랑했던 그의 세계였다. 여기서는 모든 나무, 모든 정원울타리가 그에게 있어 특별한 의미와 감정과 역사를 지니고 있었다.

비가 올 때마다, 눈이 내릴 때마다 그것들은 그에게 말을 걸어 주었다. 여기서는 하늘도 땅도 그의 꿈과 소원 속에 함께 살면서 그의 물음에 대답해 주고 그와 같이 숨 쉬었었다. 아니, 오늘도 역시 그랬다. 아마 이곳 주변에 사는 사람이나 정원의 소유자라도 자신보다 더 이 모든 것을 소유하고, 그 가치를 느끼고, 그것들과 이야기하고 대답하고, 더 많은 회상을 할 수 있는 사람은 거의 없을 것이라고 크눌프는 생각하였다.

근처의 지붕들 사이로 홀쭉한 집의 회색 지붕마루가 뾰족하게 솟아 있었다. 피혁공 하시스가 살던 곳이다. 바로 크눌프가 어린아이 장난과 놀음을 그만두고 소녀들과 함께 처음으로 비밀스러운 이야기들을 나눴던 곳이다. 저녁이면 그는 그곳을 떠나 들뜬 마음으로 어두운 거리를 걷다가 집으로 돌아온 적도 많았다. 거기에서 그는 피혁공 딸들의 땋은 머리를 풀어 주었고, 아름다운 프란치스카의 키스에 현기증을 느꼈다. 오늘 저녁 늦게나 아니면 내일 아침에 그곳에 가봐야겠다는 생각이 들었다.

그러나 지금은 거기서의 추억들이 그의 마음을 별로 끌지 못했다. 더 어렸던 소년 시절의 추억을 단 한 시간이라도 더 떠올릴 수 있다면, 그것을 위해서 다른 모든 일들을 희생해도 좋을 것 같은 심정이었다.

그는 한 시간이 훌쩍 넘도록 정원 울타리에 기대어 안을 들여다보았다. 이미 열매가 떨어진 어린 딸기나무들이 가을 색을 띠어가고 있었다. 하지만 그가 보고 있는 것은 새로운 낯선 정원이 아니었다. 그는 옛날 아버지의 정원을 눈앞에 보고 있었다. 자신이 작은 화단에 심었던 작은 꽃들, 부활절 일요일에 심은 앵초, 유리알 같은 봉숭아꽃, 작은 돌로 쌓은 산을 보고 있었다. 그 돌산에 수백 번이나 도마뱀을 잡아다 놓아 주었지만, 불행히도 살아남아서 가축이 되려고 한 놈은 한 마리도 없었다. 그래도 그는 새로운 놈을 잡아가지고 올 때마다 기대와 희망으로 가득 차 있었다.

오늘날 그에게 이 세상의 모든 꽃들과 도마뱀들과 새들을 준다 해도, 그 당시 그의 작은 정원에서 자라나던, 귀여운 꽃잎을 가만히 봉오리에서 밀어내던 한 송이 여름꽃의 기묘한 반짝임에 비하면 아무것도 아닐 것 같았다. 그리고 구스베리 덩굴들, 그 하나하나를 지금도 자세히 기억할 수 있었다! 그러나 지금은 사라지고 없었다. 그대로 영원히 망가지지 않고 남아 있을 수는 없었던 것이다. 누군가 파서 뿌리째로 뽑아 불에 태웠을 것이고, 시든 이파리들도 함께 타 버렸을 것이다. 그리고 누구 하나 그것을 슬퍼하는 사람은 없었을 것이다.

그렇다, 마홀트와 함께 종종 놀았던 곳도 여기였다. 그는 지금 의사가 되고 신사가 되어 말 한 필이 끄는 마차를 타고 환자들의 집을 다니며 왕진하고 있다. 그는 옛날처럼 지금도 선량하고 정직한 사람으로 남은 것 같았다. 그러나 지금의 지혜롭고 건장한 그도 옛날의 신앙심 깊고, 수줍고, 호기심 많던 어린 소년에 비하면 얼마나 달라진 것인가? 여기에서 크눌프는 마홀트에게 파리 잡는 통이며, 메뚜기를 잡아넣는 널빤지 통을 만드는 법을 보여 주었다. 그는 마홀트의 선생 격이었으며, 키도 더 컸고, 지혜도 더 있어서 그의 선망을 받은 친구였었다.

이웃집 라일락은 늙어 이끼가 끼어 시들어 있었고, 또 다른 집 정원에 있던 판잣집도 무너져 있었다. 설령 그 장소에 다시 무엇을 짓더라도 더 이상 예전처럼 아름답고 행복하게 제대로 짓지는 못할 것이다.

크눌프가 풀에 뒤덮인 정원의 샛길을 떠났을 때에는 날은 어두워지고 기온은 쌀쌀해져 있었다. 새로 지어진 교회의 탑이 그 도시의 모습을 바꿔 놓았는데, 그 탑에서 새로운 낯선 종소리가 크게 흘러나오고 있었다.

크눌프는 피혁공장의 문을 통해 피혁공 집 정원으로 가만히 들어갔다. 일이 끝난 후라서 아무도 보이지 않았다. 부드러운 목초지의 땅을 소리가 안 나게 밟으며 잿물을 들인 가죽들이 놓여 있는 널찍한 웅덩이들 옆을 지나 작은 담장이 있는 곳까지 갔다. 거기에는 푸르게 이끼 낀 돌들 위로 냇물이 검은 빛을 띠며 흐르고 있었다.

그곳은 언젠가 저녁 시간에 맨발을 물속에 담그고 철벙거리면서 프란치스카와 나란히 앉아 있던 바로 그 장소였다. 그 당시 그 여자가 자기를 헛되이 기다리게 하지만 않았더라면 모든 것이 달라졌을 것이다. 라틴어 학교의 공부에는 게을렀으나, 그래도 뭔가가 될 수 있는 힘과 의지를 나는 충분히 가지고 있었다, 라고 그는 생각하였다. 그 당시 삶은 얼마나 편안하고 밝았던가! 그러나 그는 그만 자포자기가 되어 더 이상 아무것도 배우고 싶지 않았다. 그의 삶은 그쪽으로 몰입되어 갔고 그에게 아무것도 요구하지 않았었다. 그리하여 그는 예외자, 방랑자, 방관자가 되었다. 어린 시절에 사랑을 받던 그가 지금에 와서는 늙고 병들어 외로운 몸이 되어 있었다.

심한 피로감이 그를 엄습하였다. 그는 작은 돌담 위에 앉았다. 그의 생각 속으로 어두운 강물이 소리를 내며 흘러들어왔다. 그때 머리 위쪽으로 보이는 창문에 불이 들어와 밝아졌다. 시간이 늦었구나 하고 놀랐으나 여기서 그를 발견할 사람은 아무도 없으리라는 생각이 들었다.

그는 소리 없이 덤불이 우거진 정원을 지나 문 밖으로 나온 후에 겉저고리의 단추를 여미어 채우고 자러 가야겠다는 생각을 했다. 그에게는 돈이 있었다. 의사가 준 것이었다. 잠시 생각한 후에 어느 값싼 여인숙으로 들어갔다. '천사 여관'이나 '백조 여관'으로 갈 수도 있었다. 그곳에는 그를 아는 사람도 있고 친구들을 만날 수 있을지도 몰랐다. 그러나 지금의 그에게 그런 일들은 중요하지 않았다.

\*     \*     \*     \*     \*

이 작은 도시에서는 많은 것이 변해 있었다. 예전 같으면 이곳의 세세한 것들도 그의 관심을 끌었겠지만 지금의 그로서는 옛날 그대로의 것들 말고는 보고 싶지도, 알고 싶지도 않았다.

그러나 프란치스카가 더 이상 살아 있지 않다는 소식을 듣자 모든 것이 생기가 사라지고 공허해 보였다. 그가 여기까지 찾아온 것도 오직 그녀 때문이었던 것 같이 생각되었다. 그러니 이제 거리들을 헤매고 정원들의 샛길을 돌아다니면서 지인들을 만나 반쯤 동정이 담긴 농담들을 들어 본들 무슨 의미가 있을 것인가.

그는 좁은 우체국 골목길을 걷다가 우연히 그 도시의 공공보건의와 마주쳤다. 그러자 갑자기 병원에서 자신이 도착하지 않은 것을 알고 찾고 있지 않을까 하는 생각이 들었다. 그는 곧장 어느 빵집에 들러 긴 식빵 두 개를 사서 겉저고리 호주머니에 넣었다. 그리고 아직 정오가 되기 전에 그 도시를 벗어나 험한 산길을 오르기 시작했다.

산길을 따라 높이 올라가자 길이 마지막으로 갈라지는 숲가에 먼지투성이의 한 사나이가 돌무더기 위에 앉아 있는 것이 보였다. 그는 자루가 긴 망치를 들고 회청색의 석회를 잘게 부수고 있었다. 크눌프는 걸음을 멈추고 인사를 건넸다.

"안녕하세요."

그 사나이 역시 대답 인사를 했지만 고개도 들지 않고 망치질을 계속했다. 크눌프는 다시 말을 붙였다.

"날이 곧 흐려질 것 같군요."

"그럴지도 모르죠."

석공은 중얼거리더니 밝은 길 위에 비치는 한낮의 햇살이 반사되어 눈이 부신지 눈을 좀 치켜들고 바라보았다.

"어디로 가는 길입니까?"

"로마로 가서 교황을 뵐까 합니다만, 아직 멀겠지요?"

"오늘 안으론 못 갈 겁니다. 당신처럼 온갖 군데 멈춰 서서 사람들 하는 일에 일일이 간섭하며 가다가는 1년이 지나도 못 갈 겁니다."

"예에, 그렇게 생각하십니까? 뭐 바쁠 것은 없습니다, 다행히도. 당신은 꽤 부지런하군요. 안드레스 샤이블레 씨."

석공은 손을 눈 위에 대고서 나그네를 자세히 살펴보았다.

"나를 아시는군요."

그는 이렇게 대꾸하고는 생각하면서 말을 이었다.

"나도 당신을 알 것 같은데, 다만 이름이 안 떠오르는군요."

"그럼 저, '꽃게' 술집 영감에게 물어보시지요. 90년경에 우리가 늘 가서 앉아 있던 술집 말이오. 하지만 그 노인도 더 이상 살아 계시지 않겠지요."

"돌아가신 지 오래입니다. 그런데 이제야 생각이 나는군, 이보게. 자네 크눌프로군. 이리 좀 와서 앉게. 이거 반갑네 그려."

크눌프는 가서 앉았다. 너무 빨리 언덕을 올라와서인지 숨을 쉬기가 몹시 힘들었다. 앉고 나니 이제 비로소 저 아래 깊은 곳에 자리한 도시가 아름답게 바라보였다. 검푸른 강물, 적

갈색의 지붕들, 그리고 그 사이로 작은 녹색 나무들이 작은 섬들처럼 내려다 보였다.

"이 위에서 일하는 게 좋아 보이는군."

크눌프는 깊이 숨을 들이마시면서 말했다.

"그럭저럭이네. 불평할 수야 없지. 그런데 자네는? 전에는 산을 더 쉽게 오르곤 했던 것 같은데. 안 그런가? 그런데 지금은 숨이 넘어갈 듯 몹시 헐떡거리는군. 다시 한 번 고향을 방문한 것인가?"

"그렇다네, 샤이블레. 이번이 마지막이 될 것 같네."

"대체 왜 그런가?"

"폐가 아주 망가졌어. 어떻게 손쓸 방법이야 자네도 모르겠지?"

"고향에 그냥 남아 있었더라면 자네는 잘 해냈을 거야, 이 친구. 처자도 있고 매일 밤 제대로 잠자리에 들 집도 있었다면 아마 자네는 지금과는 달랐을 거라고. 내가 그걸 어떻게 생각하는지 자네는 예전부터 알고 있지 않나. 이제 와서야 달리 어쩔 수 없지. 상태가 매우 심각한가?"

"글쎄, 모르겠어. 아니, 벌써부터 알고 있었지. 마치 산을 내려가는 것 같은데, 그것도 매일 조금씩 더 빨라지는 것 같네. 그래도 혼자 있으면 아무에게도 폐를 끼치지 않으니까 마음은 다시 편해진다네."

"어떻게 하든 그거야 자네 일이지. 하지만 안됐네."

"괜찮네. 누구나 한 번은 죽는 것이고, 석공한테도 죽음은 찾아올 것이니까. 그래, 이 사람아, 지금 우리는 이렇게 둘이 앉아 있지만, 둘 다 너무 생각을 많이 해서는 안 될 거야. 하기야 자네는 언젠가 머릿속에 딴 생각을 가진 적이 있었지. 그때 자네는 철길로 가서 자살하려고 하지 않았었나?"

"아, 그거야 옛날 얘기지."

"자네 아이들은 건강히 잘 자라나?"

"별다른 일은 없네. 야콥은 벌써 일을 해서 돈을 벌어."

"그래? 하아, 세월이 빠르군. 이제 나는 좀 더 걸어야겠어."

"그렇게 급할 것은 없지 않나. 아주 오랜만에 봤는데 말이야! 말해 보게, 크눌프, 내가 뭐 자네를 도와 줄 것이 있을까? 지금은 가진 게 별로 없지만, 반 마르크는 갖고 있네."

"그건 자네도 필요할 거야, 친구. 괜찮아, 고맙네."

그는 뭔가 더 말하고 싶었지만, 가슴이 아파와서 입을 다물었다. 그러자 석공은 술병을 내밀며 마시게 했다.

그들은 한동안 도시를 내려다보았다. 물레방아의 물줄기들이 햇빛에 반사되어 강렬하게 반짝였고, 마차 한 대가 석교를 천천히 건너가고 있었다. 제방 밑에서는 하얀 거위 떼가 한가로이 헤엄치고 있었다. 크눌프가 다시 입을 열었다.

"잘 쉬었으니 이제 다시 계속 가 봐야겠네."

석공은 앉아서 생각에 잠겨 있다가 머리를 흔들었다.

"들어 봐, 자네는 이렇게 가난한 부랑자가 아니라 좀 더 나은 사람이 될 수도 있었을 텐데."

그는 천천히 말을 이었다.

"자네는 참으로 불쌍한 사람이네, 알겠나, 크눌프. 난 뭐 독실한 신자는 아니지만 성경에 있는 말은 믿네. 자네도 생각해 봐야 하네. 자네도 자기 자신을 책임져야 해. 그렇게 쉽게 되지는 않을 거야. 자네는 남보다 뛰어난 재주를 가지고 있었지. 그런데 결국은 아무것도 안 되고 말았지 않나. 이런 말 한다고 자네 화내면 안 되네."

이제 크눌프는 미소를 지었다. 그의 눈에서 옛날처럼 악의 없는 장난기 서린 광채가 빛났다. 그는 친구의 어깨를 다정하게 툭 치면서 일어섰다.

"우리는 곧 알게 되겠지, 샤이블레. 인자하신 하나님은 아마 나한테 왜 지방법원 판사가 되지 않았냐고 묻지는 않으실 거야. 아마 어린애 같은 녀석 또 왔구나, 라고만 말씀하시면서 저 위에서는 나한테 쉬운 일을 주시겠지, 아이 보는 일 같은 것 말이네."

안드레스 샤이블레가 청백색 바둑무늬의 셔츠 아래로 어깨를 으쓱했다.

"자네하고는 진지하게 말을 할 수가 없군. 크눌프, 자네가 천국에 가면 하나님도 농담밖에 안 하실 거라고 생각하나?"

"아, 아니야. 그럴 수도 있다는 말이지. 안 그런가?"

"그렇게 말하지 말게!"

"그래, 그렇다면 인자하신 하나님께 이렇게 말해야겠네. 나를 잘 아는 샤이블레에게 물어보시라고. 그러면 자네는 하나님께 뭐라고 말하겠나?"

"무슨, 그런 일에 하나님은 나 같은 사람 전혀 필요하지 않으시네. 하지만 이렇게 말하겠어. 크눌프는 살아생전에 어린애 같은 짓 말고는 아무것도 하지 않았다고. 그래도 그는 선량하고 품위 있는 친구였다고 말일세."

그들은 서로 악수를 나누었다. 그때 석공이 바지 주머니에서 몰래 꺼낸 작은 은화를 한 개 쥐어 주었다. 크눌프는 석공의 호의를 더 이상 거부하지 않고 받았다.

크눌프는 옛 고향의 골짜기로 다시 한 번 시선을 던진 뒤에, 돌아서서 안드레스 샤이블레에게 다시 한 번 머리를 끄덕여 보였다. 그러더니 기침을 하기 시작하면서 걸음을 재촉했다. 그리고는 얼마 안 가 위쪽 숲 가장자리를 돌아서 사라졌다.

\*　　\*　　\*　　\*　　\*

차가운 안개가 낀 잿빛 날들이 이어졌다. 그러고 나서 늦게

피는 초롱꽃이 망울을 터트리고 검은 딸기 열매가 달콤하게 익는 서늘하고 맑은 날이 며칠 계속되더니, 2주일 후에 갑자기 겨울이 닥쳤다. 매서운 서리가 내렸고, 사흘째에 대기가 온화해지더니 곧 큰 눈이 쏟아져 내렸다.

그동안 내내 크눌프는 쉬지 않고 고향 주변을 정처 없이 돌아다녔다. 두 번인가 인근의 숲속에 숨어서 석공 사이블레도 보았으나, 다시 말을 걸지는 않고 일하는 모습을 지켜보기만 했다.

그는 너무나 생각할 것이 많아서 괴로울 뿐 아무 소용없는 먼 길을 걸으면서, 질기고 복잡하게 얽힌 가시덩굴 속으로 빠져들 듯이 자신의 실패한 인생의 혼란 속으로 점점 더 깊이 빠져들어 갔다. 그러나 아무런 의미도 위안도 얻을 수 없었다. 그때 병세가 새로이 악화되어 그를 덮쳤다. 그래서 어느 날에는 게르베르사우로 가서 병원 문을 두드려야 할까 고민이 되었다. 그러나 온종일 혼자 있다가 아래쪽의 도시를 다시 내려다보았을 때, 모든 것이 그에게는 낯설고 적의를 가진 듯이 다가왔다. 자신이 결코 그곳 사람이 아니라는 느낌이 확실해졌다. 가끔씩 마을에 들러 빵을 사 왔다. 숲에 개암나무 열매는 아직 충분했다. 밤에는 숲에서 일하는 일꾼들의 통나무집이나 밭의 짚더미 속에서 지냈다.

이제 그는 눈이 심하게 퍼붓는 가운데 볼프스베르그에서부터 골짜기의 제분소가 있는 곳까지 걸어가고 있었다. 몸은 쇠약해지고 죽을 것처럼 피로했으나 계속 걸었다. 얼마 남지 않은 살날들을 최대한 이용하여 모든 숲 가장자리와 숲길을 빠짐없이 계속해서 걸어 다니려는 것 같았다. 병색이 짙고 피로했지만 그의 눈과 코는 여전히 옛날처럼 예민했다. 민첩한 사냥개처럼 그는 지금 더 이상 아무런 목적도 없으면서도, 지면이 꺼진 곳이나 바람의 흐름, 짐승의 발자취를 하나도 빠짐없이 눈으로 살피고 코로 냄새를 맡았다. 물론 거기에 그의 의지는 없고 다만 발걸음이 저절로 움직였다.

그러나 수일 전부터 거의 늘 그랬듯이, 지금도 그는 생각 속에서 인자하신 하나님 앞에 서서 그와 끊임없이 이야기를 나누고 있었다. 두려움은 없었다. 하나님이 우리 인간에게 무슨 일을 끼칠 수는 없다는 것을 그는 알고 있었다. 그러나 그들, 즉 하나님과 크눌프는 그의 생애가 무의미했다는 것에 대해 이야기하였다. 그리고 어떻게 했으면 그의 삶이 달라질 수 있었을까에 대하여, 또 왜 이런저런 일들이 다르게 되지 못하고 그렇게 될 수밖에 없었는가에 대하여 서로 이야기하였다.

"바로 그때 그 일이 문제였습니다."

크눌프는 되풀이하여 주장하였다.

"저는 열네 살이었어요. 프란체스카에게서 버림받았던 때

말입니다. 그때 저는 아직 무엇이든 될 수 있었을 겁니다. 그러나 그때 제 안에서 뭔가 파괴되고 엉망진창이 되어 버렸습니다. 그 후로 저는 쓸모없는 인간이 되고 말았지요. 아니, 뭐라고 해야 될까요. 잘못이 있다면 당신께서 저를 열네 살 때 죽게 하지 않았다는 겁니다! 제가 그때 죽었더라면 저의 삶은 익은 사과처럼 아름답고 완전했을 겁니다."

그러나 인자한 하나님은 줄곧 미소만 지었고, 이따금 그의 얼굴은 눈보라 속에 파묻혀 완전히 사라졌다.

"자, 크눌프!"

하나님은 깨우치듯이 말하였다.

"그대의 젊은 시절을 한번 생각해 보라! 그리고 오덴발트의 여름날들, 레히슈테텐에서 지냈던 시절을 생각해 보라! 그대는 사슴처럼 춤추며 아름다운 생명이 온몸에 꿈틀거리는 것을 느끼지 않았는가? 여자들의 눈에 환희의 눈물이 넘칠 정도로 그대는 노래와 하모니카를 잘 불지 않았는가? 바우에르스빌에서 보낸 일요일들을 아직도 기억하고 있는가? 그대의 첫 번째 애인이었던 헨리에테도 기억하는가? 그런데도, 그 모든 것이 허사였다는 말인가?"

크눌프는 생각에 잠기지 않을 수 없었다. 그러자 마치 먼 산의 불처럼 청춘 시절의 기쁨들이 희미하고 아름답게 빛을 발하고, 꿀과 포도주같이 강하고 달콤한 향기를 풍기면서 이른 봄밤의 따뜻한 바람처럼 낮고 부드럽게 불어왔다.

아, 그것은 아름다웠다. 환희도 아름답고 슬픔도 아름다웠다. 그런 날이 하루라도 없었더라면 나의 일상은 비참했을 것이다!

"아, 예, 아름다웠습니다."

크눌프는 인정했지만, 피로에 지친 어린애처럼 울면서 투정하고 싶은 심정이 가득했다.

"그때는 아름다웠습니다. 물론, 죄와 슬픔도 역시 있었지요. 그러나 행복한 시절이었던 것은 사실입니다. 그 당시에 저처럼 그렇게 술잔을 기울이고, 춤을 추고, 애인과 사랑을 속삭이며 밤을 즐겼던 사람도 아마 많지는 않았을 겁니다. 그러나 그때, 바로 그때 끝냈어야 했습니다! 이미 그 행복 속에 가시가 박혀 있었습니다. 저는 잘 알고 있습니다. 그 후로 결코 다시는 그런 좋은 시절이 오지 않았지요. 아니요, 결코 다시는."

하나님은 멀리 눈보라 속으로 사라졌다. 이제, 크눌프는 잠깐 멈춰 서서 다시 호흡을 가다듬고 흰 눈 위에 피를 몇 방울 토해 내려 했다.

그때 갑자기 하나님이 다시 나타나서 대답을 주었다.

"말해 보라, 크눌프! 그대는 좀 은혜를 모르는 사람이 아닌가? 그대가 건망증이 있다니 웃지 않을 수 없구나! 우리는 자네가 춤의 왕으로 지내던 시절과, 그대의 애인 헨리에테를 기억해 냈다. 그리고 그대는 행복했고 아름다웠고 의미 있었다고 인정했다. 그런데 헨리에테를 그렇게 생각한다면, 리자베트에 대해서는 대체 어떻게 생각하려는 것인가? 그래, 정말 그녀를 완전히 잊어버린 것인가?"

그러자 지나간 과거의 한 토막이 먼 산맥처럼 다시 크눌프의 눈앞에 나타났다. 그것은 비록 조금 전과 같이 아주 즐거운 것처럼 보이지는 않았으나, 그 대신 마치 눈물을 보이며 미소 짓는 여인처럼 훨씬 신비롭고 친밀한 빛을 띠고 있었다. 그가 오랫동안 잊었던 날들과 시간들이 그 무덤에서 다시 되살아났고, 그 한가운데에 아름답고 서글픈 눈을 한 리자베트가 어린 아이를 팔에 안고 서 있었다.

그는 다시 탄식했다.

"저는 얼마나 나쁜 놈이었는지 모릅니다! 분명 리자베트가 죽은 뒤에는 저도 더 이상 살지 말아야 했습니다."

그러자 하나님이 맑은 눈으로 그를 꿰뚫어 보며 크눌프의 이야기를 가로막았다.

"그만둬, 크눌프! 그대는 리자베트에게 큰 슬픔을 주었다. 그것은 사실이다. 그러나 그녀가 그대에게서 나쁜 것보다 부드러움과 아름다움을 더 많이 받았음을 그대도 알고 있다. 그리고 그녀는 잠시라도 그대를 원망한 적이 없어. 그대는 그 모든 것의 의미를 아직도 모르는가, 어린애 같은 사람아? 그대가

탕아가 되고 방랑자가 된 것도, 그대가 어디에서나 순진한 익살과 어린애 같은 웃음을 가져다주기 위해서였다는 것을 모르는가? 그래서 가는 곳마다 사람들이 그대를 조금은 사랑하고 귀여워하고 조금은 감사하게 여기지 않을 수 없었다는 것을?"

크눌프는 잠시 침묵하다가 나지막하게 인정했다.

"결국은 사실입니다. 그러나 모두 옛날 일입니다. 그때 저는 아직 젊었으니까요! 그런데 왜 저는 그 모든 것에서 아무것도 배우지 못하고 진실한 인간이 되지 못했을까요? 그럴 시간이 충분히 있었을 텐데요."

눈이 잠시 그쳤다. 크눌프는 다시 잠깐 쉬며 모자와 옷에 두껍게 쌓인 눈을 털어 내려 했다. 그러나 그렇게 하지 않았다. 마음이 산란하고 피로하였다.

그러자 하나님이 바로 그 앞 가까이 나타나 서 있었다. 하나님의 밝은 눈은 더욱 크게 뜨이며 태양처럼 빛났다.

"자, 이제 만족하라."

하나님은 타일렀다.

"탄식한들 무슨 소용 있겠는가? 모든 것이 제대로 올바르게 되어갔으며, 아무것도 달리 될 수는 없었다는 것을 그대는 정말로 깨닫지 못하는가? 그래, 그대는 지금쯤 어엿한 신사가 되거나 공장의 주인이 되어, 처자식을 거느리고 저녁에는 여유롭게 주간지를 읽는 처지가 되고 싶은가? 그런 신분이 되었다 해도 자네는 곧장 다시 뛰쳐나와 숲속에서 여우들과 함께 자거나 새덫을 놓거나 도마뱀을 길들이고 있을 것이 아닌가?"

크눌프는 다시 걸었다. 피로에 지쳐 몸이 휘청거리기 시작했는데 그것마저 전혀 느끼지 못했다. 오히려 기분이 더 나아져서, 하나님이 해 주신 말씀에 감사하며 고개를 끄덕였다.

"보라! 나는 그대의 있는 모습 그대로가 필요했다. 나의 이름으로 그대는 방랑하였고, 정착해서 사는 사람들에게 매번 다시 '자유'에 대한 그리움을 조금 불러일으켰다. 나의 이름으로 그대는 어리석은 일을 하면서 사람들의 웃음거리가 되었다. 다시 말하면 바로 나 자신이 그대 안에서 웃음거리가 되기도 하고 사랑받기도 한 것이다. 그러니 그대는 나의 아들이요, 나의 형제이며, 나의 분신이다. 그대가 맛보고 경험한 모든 것은 모두, 바로 그대 안에서 내가 그대와 함께했다."

크눌프는 정중히 머리를 숙이며 말했다.

"네, 그렇지요. 저도 사실 늘 그것을 알고 있었습니다."

그는 눈 위에 누워서 쉬었다. 그러자 피로에 지친 손발이 한결 가벼워졌다. 그의 충혈된 눈은 미소를 지었다.

조금 잠을 자려고 눈을 감았는데, 여전히 하나님의 음성이 들려왔고 계속 하나님의 밝은 눈을 보고 있었다.

"그럼 더 한탄할 것은 없는가?"

하나님의 음성이 물었다.

"더 이상 없습니다."

크눌프는 머리를 끄덕이며 부끄러운 듯 미소 지었다.

"그럼, 모든 것이 좋은가? 모든 것이 자연스럽게 되었는가?"

"네. 모든 것이 되어야 하는 대로 되었습니다."

그는 고개를 끄덕였다.


하나님의 음성이 점점 희미해지며 때로는 어머니의 음성처럼, 때로는 헨리에테의 음성처럼, 때로는 리자베트의 부드럽고 온화한 음성처럼 들려왔다.

크눌프가 다시 한 번 눈을 뜨자 햇빛이 비쳤다. 그러나 너무 눈이 부셔 곧 눈꺼풀을 내려야 했다. 그는 손 위에 눈이 수북이 쌓인 것을 느끼고 그것을 털고 싶었다. 그러나 곧 졸음에 못 이겨 잠들고 싶은 의욕이 그의 내면에서 다른 어떤 의욕보다 더 강렬해질 뿐이었다.

이 친구, 크눌프를 있는 모습 그대로 사랑해 주오!

고독한 한 방랑자의 삶을 묘사한 서정적 단편집 《크눌프, 그 삶의 세 가지 이야기Knulp, Drei Geschichten aus dem Leben Knulps》(1915)는 그 제목처럼 주인공 크눌프의 삶을 세 편으로 나누어 서술한다. 헤세가 1907년에서 1914년 사이에 썼고, 독일의 피셔 출판사S. Fischer Verlag에서 초판이 출간되었다. 시기적으로나 내용적으로 이 소설은 《수레바퀴 아래서Unterm Rad》(1906)의 주인공 한스처럼, 소년 시절에 다니던 라틴어 학교에 적응하지 못하고 학교를 뛰쳐나와 죽을 때까지 방랑하는 주인공의 삶을 묘사한다. 이는 작가 자신이 소년 시절 라틴어 학교를 중단하고 다시는 학교생활을 이어가지 못한 것에 대한 회한과 추억의 자서전적 요소를 담았다고 할 수 있다.

차이가 있다면 '한스'는 학교를 뛰쳐나가자마자 극단적 선택을 하지만, '크눌프'는 40여 세의 나이에 길에서 사망할 때까지 완전히 방랑자로서 삶을 살아간다는 점이다. 헤세 자신도 작가로서 성공하기까지 서점 점원 등을 거치면서 힘들고 외로운 글쓰기의 삶을 계속 이어나가야 했었다.

이 소설은 3개의 단편인 〈이른 봄〉, 〈크눌프에 대한 나의 회상〉, 〈종말〉로 구성되어 있다.

〈이른 봄〉은 이미 오랫동안 거의 무일푼으로 방랑 생활을 하여 폐병 환자가 된 크눌프가 고향을 찾아가는 도중에 옛 친구인 피혁공 로트푸스의 집을 방문하는 것으로 시작한다. 그곳에서 그는 잠시 신세를 진다. 피혁공 친구는 고향에 남아 착실하게 기반을 닦아서 괜찮은 집과 자신이 운영하는 피혁공장, 그리고 아름다운 아내를 두었으며, 크눌프의 방랑 생활을 힐책하면서 자신이 이룬 삶의 '성공'을 자랑한다. 그러나 크눌프는 그런 삶을 얽매인 것으로 보고 부러워하지 않는다. 오히려 그는 어떤 간섭도 싫어하며, 단 몇 시간이라도 그 근처에서 처음 만난 젊은 하녀와 함께 춤을 추며 즐겁게 보낸 것에 더 만족하고 그런 삶을 더 가치 있게 여긴다. 물론 그런 자유에 따르는 대가는 '고독'과 '가난'이다. 그래도 그는 자연을 사랑하고 자연 속의 꽃, 나무, 시냇물, 나비 들을 사랑하며 그것들의 섬세함과 아름다움, 생명력에 감동하고 그 자체를 즐기면서 살아간다.

그래서 결국 그는 아주 오랜만에 만난 피혁공 친구의 집에서 단 이틀을 머물다가 그곳을 떠나 다시 방랑길에 들어선다.

두 번째 이야기 〈크눌프에 대한 나의 회상〉에서는 작가의 전지적 시점이 아니라 크눌프의 다른 친구인 '화자'가 오래전 크눌프와 함께 여행하며 겪었던 일을 회상한다. 화자는 동행하면서 보았던 크눌프의 소박함, 자연에 대한 사랑, 지식, 삶의 철학을 존중하면서 그를 좋아한다. 두 사람은 어느 여름날, 마을에서 떨어진 조그마한 예배당에 속한 공동묘지에 들어가서 삶과 죽음에 대해 대화를 나누었다. 크눌프는 여기서 아름다움, 사랑, 죽음 등에 대한 자신의 철학을 다음과 같이 말한다.

자신은 비록 자연을 사랑하고 그 속에 존재하는 꽃, 여인 등의 아름다움도 좋아하지만 그런 아름다움은 영원히 지속될 수 없는 것이라서 오히려 그 순간적인 아름다움을 바라볼 때 가쁨과 연민을 함께 느낀다고 말한다. 또한 사랑도 영원히 죽을 때까지 지속되기를 바라지만 실제로는 유한하고, 그러한 유한한 인간관계에서 우리는 고통과 삶의 무상함, 고독한 인간 존재에 대하여 깨닫는다고 말한다. 그리고 사람이 죽으면 남은 자들은 슬퍼하지만, 결국은 슬픔도 영원하지 않고 죽음을 바꿀 수도 없다는 것을 깨달았다고 한다.

이러한 생각은 얼마간 동양적인, 불교적인 생각의 여지를 보여준다. 물론 작가 헤세가 불교에 특별히 심취했던 것은 아니지만, 당시 전쟁의 분위기와 사회적 불안이 감돌던 유럽의 상황에서 서구의 가치관이 아닌 다른 가치관을 추구하던 그가 인간 존재의 불안과 고독을 시적 문학적으로 승화하여 표현한 것이라 하겠다. 헤세는 후에 비록 인도의 종교를 배경으로 한 소설 《싯다르타Siddhartha》(1922)를 출간하지만, 여기서 그는 꼭 인도의 불교나 힌두교의 세계를 미화시키기보다는 오히려 그런 종교들 속에서의 체험을 거쳐 궁극적으로 자아의 절대 경지를 탐구하는 과정을 그리고자 했다.

결국 크눌프는 다른 사람들보다 비교적 자신을 이해하고 존중하는 친구인 화자에게서조차 떠나간다. 그가 잠든 사이에 몰래 홀로 방랑의 길을 떠나는 것이다.

세 번째이자 마지막 이야기인 〈종말〉에서 크눌프는 죽기 전에 마지막으로 고향을 찾아가려고 홀로 병든 몸을 이끌고 역시 방랑의 길을 걸어간다. 도중에 역시 옛날 라틴어 학교 동창이며 지금은 성실한 마을 의사가 된 마홀트를 만나서 그의 집에 며칠 묵는다. 마홀트의 친절한 환대에 고마움을 느낀 크눌프는 친구가 왜 현실에 적응하지 못하고 방랑자가 되었는지 묻자, 지금까지 어느 누구에게도 말하지 않고 마음속으로 혼자만 간직해 온 비밀을 이야기한다. 그는 자신이 유년 시절에 한 소녀에 대한 사랑에 빠져 상처를 겪고 경솔하게 학교를 그만두고, 그 후로 남들처럼 제대로 된 삶을 살지 못하고 고향을 떠나 방랑자가 된 자신의 삶에 대해 이야기를 들려준다. 친구는 그를 이해하고 그의 병을 염려하여 다른 도시에 입원할 빈민구호 병원을 물색해 주지만, 크눌프는 그런 친구의 도움을 받아들이는 척하다가 결국 입원하지 않고 그 길로 힘겹게 고향 도시를 찾아간다.

그곳에서 그는 유년 시절의 기억들을 더듬어 추억이 담긴 장소들을 찾아가 옛날 일들을 회상한다. 천진한 유년 시절 아버지 집의 정원에서 보냈던 즐겁고 행복했던 때, 아름다운 소녀를 사랑하게 되어 라틴어 학교마저 그만두고 결국 배신당한 기억, 그 때문에 사랑마저 불신하면서 자신이 겪었던 고독하고 외롭고 가난했던 삶. 또 사랑했던 다른 두 여인과 결국 이별하게 된 슬픔을 회상한다.

특히 그는 유년 시절의 '아버지의 집' 앞에서 그 당시 자신이 사랑했던 정원 안의 모든 것들에 대해 아주 서정적이면서도 슬픔을 자아낼 정도로 아름답게 회상한다. 그는 자신이 그 '작은 세계' 안에 있던 울타리, 꽃, 나무, 하늘, 땅을 아름답고 섬세한 감정으로 마음껏 사랑했고 마음껏 꿈을 꾸고 미래에 대해서도 희망을 가졌던 기억을 떠올린다. 그러나 지금은 정원의 소유자가 바뀌고 그때처럼 아름답게 가꾸어지지 않고 있는 것을 보면서 가슴 아파하고 회한에 잠긴다.

결국 그는 그 고향에서마저 마지막까지 머물지 못하고 도망치듯 그곳을 떠난다.

각각의 이야기에서 크눌프는 고향으로 가는 도중에 매번 옛 친구들을 만난다. 대개 고향에서 함께 학교에 다니면서 놀던 유년의 친구들이다. 그들은 방랑자로서 평생 이룬 것이 없이 홀로 떠돌던 크눌프와는 대조적으로 나름대로 노력을 하여 사회에서 삶의 기반을 이룬 사람들의 모습이다. 크눌프는 잠시 그들의 집에 기거하면서 그들의 생활상과 생각을 알게 되거나 그들의 일터에서 만나 대화를 나눔으로써 자신과는 다른 그들의 삶을 관찰하고 자신의 생각을 말하거나 그들의 생각을 듣는다. 그러나 결국은 그들의 삶에 공감하거나 끼어들지 못하고, 다시 혼자서 떠도는 방랑의 길을 떠난다.

작가 헤세는 일상적인 삶에 나름대로 적응하여 살아가는 평범한 사람들과, 그 세계에 발을 디디지 못하고 그렇다고 바깥 세계로 완전히 떠나지도 못한 채, 그 주위를 빙빙 돌면서 방랑자로 살아가는 인물인 크눌프의 모습을 극명하게 대조시키고 있다. 그럼으로써 독자들이 이런 대조적인 상황들을 쉽게 파악하고 느끼면서 과연 어떤 삶이 더 나아 보이는지 독자 스스로 평가할 수 있도록 이야기를 서술해 나가고 있다. 독자들의 입장에서 평범하게 생각해 보면 크눌프의 삶은 '실패한 것'으로 보일지 모르며, 크눌프 자신도 때로는 후회하는 모습도 보여준다.

그러나 정작 작가인 헤세 자신은 그 어느 쪽의 삶이 더 낫거나 더 옳다는 입장을 주장하지 않는다. 다만 그들은 각자 삶에 대한 그들의 생각에 따라 자신들의 삶을 살아가고 있고 그것을 받아들이는 모습을 보여준다.

그러한 작가의 생각은 마지막 〈종말〉의 장에 가서 삶의 마지막을 맞이하는 장면에서 느껴진다. 크눌프는 눈 덮인 산길을 헤매다 피를 토하면서 쓰러져 그곳에서 죽어간다. 의식이 거의 꺼져가는 가운데 그는 '하나님'을 만난다. 그를 향해 자신의 삶을 후회하는 크눌프에게 하나님은 "자, 이제 만족하라"라고 하면서 크눌프의 삶을 이해하는 말을 해 준다.

"탄식한들 무슨 소용 있겠는가? 모든 것이 제대로 올바르게 되어갔으며, 아무것도 달리 될 수는 없었다는 것을 그대는 정말로 깨닫지 못하는가? 그래, 그대는 지금쯤 어엿한 신사가 되거나 공장의 주인이 되어, 처자식을 거느리고 저녁에는 여유롭게 주간지를 읽는 처지가 되고 싶은가? 그런 신분이 되었다 해도 자네는 곧장 다시 뛰쳐나와 숲속에서 여우들과 함께 자거나 새덫을 놓거나 도마뱀을 길들이고 있을 것이 아닌가?"

그리고 이어지는 하나님의 다음과 같은 말은 죽어가는 크눌프에게 마지막으로 위안과 평안을 준다.

"나는 그대의 있는 모습 그대로가 필요했다. 나의 이름으로 그대는 방랑하였고, 정착해서 사는 사람들에게 매번 다시 '자유'에 대한 그리움을 조금 불러일으켰다. 나의 이름으로 그대는 어리석은 일을 하면서 사람들의 웃음거리가 되었다. 다시 말하면 바로 나 자신이 그대 안에서 웃음거리가 되기도 하고 사랑받기도 한 것이다. 그러니 그대는 나의 아들이요, 나의 형제이며, 나의 분신이다. 그대가 맛보고 경험한 모든 것은 모두, 바로 그대 안에서 내가 그대와 함께했다."

이 말을 한 하나님은 떠나고 크눌프는 눈 위에서 조용히 죽음을 맞이한다.


과연 주인공 크눌프는 어떤 인간이었을까? 자유로운 인간이었을까? 아니면 그냥 방랑하는 사회의 패배자이자 슬픈 인간이었을까? 이 소설을 읽는 독자들은 각자 자신의 삶에 대한 느낌과 생각에 따라 크눌프를 판단할 것이다.

그러나 작가 헤세는 훗날 한 편지(1935)에서 '크눌프'에 대한 자신의 입장을 밝혔다. 크눌프와 같은 인물은 비록 사회에서는 '유용'한 인간이 아니지만, 오히려 많은 유능한 사람들처럼 남에게 해를 끼치지는 않는다는 것이다. 크눌프는 아무리

고독하고 힘든 순간에도 자연을 진정으로 사랑하고 '생명력이 충만한' 사람으로서, 비록 방랑하는 존재라 할지라도 우리가 살고 있는 세계 안에서 그의 '자리'를 찾을 수 있어야 한다는 것이다. 즉 헤세가 자신의 독자들에게 충고하고 싶은 것이 있다면, 연약하고 쓸모없는 사람들이라도 그들을 '판단하지 말고' 그냥 '사랑'하라는 것이라고 말했다.

이 소설은 헤세가 작가로서 아직 젊고 비교적 연륜이 짧았던 시절에 삶과 죽음, 사랑, 우정, 자연에 대한 그 자신의 경험과 철학을 담은 것이라고 볼 수 있다. 이 소설 속에는 그의 자전적 요소들도 포함되어 있듯이, 그것이 쓰여진 당시 헤세는 개인적인 삶에서 어려움을 겪고 있었고 또 독일도 전쟁(제1차 세계대전)의 소용돌이 속으로 말려들어가고 있던 여러모로 힘든 상황이어서 가정과 사회에 제대로 적응하지 못한 채 외로운 작가 생활을 이어가고 있었다. 그런 요소들이 주인공이 사회에 적응하지 못하고 혼자 방랑하는 모습으로 형상화되고 있는 것이다.

그러나 이 소설에서 드러나는 주인공 크눌프의 삶에 대한 철학은 사실 복잡한 것이 아니라, 우리들도 일상적으로 살아가면서 자주 겪는 것들에 대한 그의 생각을 보여준 것이다. 다만 우리들은 일상에서 늘 성공한 자, 아니면 패배자라는 이분법에 매달리고, 패배자가 되지 않으려고 소위 더 나은 것, 더

부유한 것, 더 영원한 것을 쫓아서 계속 허덕이며 나아가고 있는 것이다.

이 짧은 한 편의 소설을 읽으면서 독자들께서 젊었던 시절의 작가 헤세의 세계를 한 번 들여다보고, 우리들 자신의 삶에 대한 태도에 관해서도 한 번 진지하게 성찰할 수 있는 시간을 가져보기를 바라는 마음이다.

독일이 낳은 20세기의 대문호이며 시인이자 노벨상 수상 작가인 헤르만 헤세Hermann Hesse는 우리에게 많이 알려져 있고 실제로 우리나라에서 가장 많이 읽히는 독일 작가이기도 하다. 또 그는 독일 작가이면서도 가장 비독일적인 특성을 보여주는 작가이기도 한데, 여러 특성을 동시에 지니고 있기 때문이다. 그는 한편으로는 '독일의 내면성'을 소설들 속에서 가장 잘 표현하고 있어 독일 최후의 낭만주의자로 간주되는가 하면, 또 한편으로는 동양 정신을 많이 알고 거기에 동조해온 작가로서 일반 독일인의 눈으로 볼 때는 아웃사이더이자 비정치적인 작가이기도 했다. 그의 작품들은 전체적으로 그의 자화상이라 할 수 있으니, 여러 편의 소설과 특히 많은 시와 수필을 썼지만 그 어떤 작품도 자신의 체험과 관찰을 토대로 하지 않은 것은 거의 없었다.

아버지 요하네스는 목사이고 어머니 마리는 유서 있는 신학자 가문 출신이었다. 외조부도 신학자로 인도에 건너가서 다년간 포교에 종사하였고 어린 헤세에게 큰 영향을 주었다. 그래서 어려서부터 평화주의를 추구하였고 동양 종교에 대한 관심을 갖게 되었다. 어머니는 인도에서 태어나 독일에서 교육을 받고 인도로 돌아가 그곳에서 영국인 선교사와 결혼했다가, 남편과 사별한 후에 칼프에서 요하네스와 재혼하여 헤세를 낳았다.

헤르만 헤세는 1877년 7월 2일 독일 남부의 울창한 숲인 슈바르츠발트(흑림)가 있는 슈바벤Schwaben 지방, 즉 바덴뷔르템베르크주의 작은 도시 칼프Calw에서 태어났다. 작은 계곡이 있고 자연 경관이 매우 아름다운 이곳에서 헤세는 어린 시절을 보내면서 자연에 깊이 이끌리게 되었다. 그곳의 자연은 유년 시절부터 그에게 꿈과 예리한 관찰력, 그리고 인간과 자연의 근원에 대해 사색하도록 해 주었다. 특히 이곳을 소재로 하여 자연과 청춘을 다룬 그의 초기 작품들은 젊은 세대에게 큰 인기를 끌었다. 그리고 훗날 나이가 들어서는 보통 밀짚모자를 쓰고 뜨거운 햇볕이 쪼이는 남쪽 지방을 홀로 배회하면서 소박한 농부나 정원사가 되어, 구름과 안개와 햇빛, 산과 호수와 같은 자연을 끔찍이 사랑하면서 시와 산문을 많이 쓴 서정적인 작가가 되었다.

유년 시절의 헤르만 헤세는 상상력이 풍부했으며 음악을 좋아하고 풀, 나무, 시냇물 등 자연에 애착을 가졌으나 고집이 세고 반항심도 있었다. 그는 부모를 따라 1881년부터 스위스의 바젤Basel로 가서 살다가 1886년에 칼프로 돌아왔다. 어릴 적부터 독일과 스위스를 넘나들며 살았기에 결국 훗날 독일을 떠나 그리 어렵지 않게 스위스에 정착한다.

칼프에 돌아온 후에 헤세의 어머니는 그를 신학자로 키우기 위해서 열세 살 때인 1891년 가을에 마울브론Maulbronn 신학교에 보냈다. 그러나 헤세는 열네 살 때인 이듬해 3월 갑자기 신학교를 탈출했으며, 그 후 다시 학교로 돌아갔으나 정신적으로나 육체적으로 이미 학업을 감당할 수 없을 정도로 지쳐 있어서 결국 신학교를 포기했다. 다시 공부하려는 생각으로 1892년 11월에 칸슈타트Cannstatt의 김나지움에 1년간 다녔지만 역시 그곳의 주입식 교육과 규율, 속박을 견디지 못하고 결국 다시 그만두면서 그의 학교 교육은 끝이 났다. 짧은 학창 생활, 특히 신학교에서의 생활은 그로 하여금 학교 교육에 대해 몹시 부정적인 생각을 갖게 했다.

근본적으로는 자기주장이 강했던 그는 남보다 일찍 자신의 길을 찾아가려고 갈구했는데, 그것은 바로 시인이 되려는 것이었다.

그는 훗날 쓴 〈요약한 이력서Kurzgefaßter Lebenslauf〉(1925)에서 "내가 열세 살이 되던 해부터 한 가지 사실이 분명해졌다. 그것은 내가 시인이 되든가 그렇지 않으면 아무것도 되고 싶지 않다는 사실이었다"라고 밝혔다. 헤세는 마울브론 신학교에 만족하지 못하고 학업을 중단하고 말았지만, 그때의 체험을 나중에 소설 《수레바퀴 아래서Unterm Rad》(1906)에서 잘 묘사했다. 고향 칼프로 되돌아온 헤세는 그 일에도 만족하지 못해 얼마 후 그 도시에 있는 페로Perrot 탑시계 공장에 견습생으로 들어갔으나 1년쯤 일하다가 그만 두고 열아홉 살 때 튀빙겐Tübingen시로 가서 서점 점원이 되었다.

거기에서 그는 틈나는 대로 독서할 기회를 얻어 많은 책을 읽었고 자유롭게 마음껏 사색하면서 동양의 문화와 종교에 대한 관심을 가졌다. 특히 헤세의 외가 사람들과 어머니는 이미 인도에서 선교를 하면서 기독교뿐만 아니라 불교와 노자에도 관심을 가졌기에 그 영향으로 헤세도 자연스럽게 여러 나라의 문화와 사상을 접할 수 있었다.

그 후 그는 틈나는 대로 습작을 하여 스물두 살 때 처녀 시집 《낭만적인 노래Romantische Lieder》(1898)를 자비로 출판했으나 호응을 얻지 못하였다. 이듬해에 산문집 《자정 뒤의 한 시간Eine Stunde hinter Mitternacht》(1899)을 냈는데, 이 작품은 시인

릴케 등에 의해 인정을 받게 되었다.

1901년에 헤세는 첫 번째 이탈리아 여행(피렌체, 제노바, 피사, 베네치아 등)을 하고 8월부터 바젤의 바텐빌 고서점 Antiquariat Wattenwyl에서 서적 판매원으로 근무했다. 그해 가을에《헤르만 라우셔의 유작(遺作)과 시Hinterlassene Schriften und Gedichte von Hermann Lauscher》를 발표했고, 1902년에는 어머니에게 헌정하는《시집Gedichte》을 발표하였다.

이윽고 스물일곱 살에《페터 카멘친트Peter Camenzind》(1904)를 출판하여 큰 명성을 얻고 본격적으로 작가 생활을 하게 되었다. 풍부한 자연 감정과 서정으로 채색된 이 소설은 시민적이고 우수(憂愁)에 찬 감정을 바탕으로 하는 자전적 소설로, 처음으로 작가로서 그의 이름을 알린 출세작이 되었다.

그해 그는 이탈리아 여행 중에 알게 된 자유 사진작가이자 피아니스트인 마리아 베르누이Maria Bernoulli와 결혼하여 독일 남서부 보덴Boden 호수 근교의 작은 마을 가이엔호펜Gaienhofen 으로 이주했다. 그녀는 그보다 아홉 살 연상이었다.

헤세는 자유 작가로 생활하면서 한편으로 여러 신문과 잡지에 기고도 하고, 그의 주요 장편소설인《수레바퀴 아래서》(1906)와 음악가를 소재로 한 소설《게르트루트Gertrud》(1910)를 발표했다.《수레바퀴 아래서》는 작가 자신이 신학교 시절에 겪은 괴로운 체험이 반영되어 있는 소설로 규율과 전통에 매인 고루한 시민 사회와 싹터 오르는 소년들의 자유분방함과 창조적인 재능을 짓밟고 의무만 강요하는 비인간적인 교육제도를 비판하였다.

가이엔호펜에서 결혼생활을 하며 작품 집필에 열중하던 헤세는 자유분방한 기질이 다시 발동하여 이 생활에 싫증을 느꼈다. 부인과도 불화가 생기자 그는 1911년 서른네 살에 가족을 둔 채 인도 여행을 떠나기로 결심하고 실론(인도 남쪽의 작은 섬)과 수마트라 등지를 방문했으나, 당시 유럽의 식민지로 전락한 동양은 그가 상상하던 것과는 거리가 멀었으므로 이에 환멸을 느낀 그는 정작 인도는 여행하지 않고 곧 귀국해 버렸다.

귀국 후인 1912년에는 독일을 떠나 스위스 베른Bern에 거처를 정하고 다시 작품 집필에 몰두했다. 그리고 동방여행기《인도에서Aus Indien》(1913)를 출간하였다. 이후에 그는 연속해서 화가 부부의 파국을 다룬 소설《로스할데Rosshalde》(1914), 신작 시집《고독자의 음악Musik des Einsamen》(1915), 그리고 세 개의 단편으로 이루어진 서정적 단편집《크눌프, 그 삶의 세 가지 이야기》(1915) 및《청춘은 아름다워라Schön ist die Jugend》(1916) 등 청춘문학의 명작들을 발표했다.

1914년에 제1차 세계내전이 발발하자 헤세는 포로가 된 독일병을 위문하기 위해 자진해서 문고와 신문을 편집하는 등

헌신적으로 일하면서 또 한편으로 반전(反戰)운동을 벌이기 시작했다. 이에 본국 독일로부터 배신자로 낙인 찍혀 탄압을 받았다. 결국 전시 봉사로 몸도 마음도 지친 그는 부친도 사망하고, 아내의 정신병이 악화된 데다, 막내아들 마르틴이 병에 걸리는 등 집안에도 여러 어려운 일이 겹치면서 극도로 신경이 쇠약해졌다.

이에 헤세는 1916년 봄부터 한 달 정도 스위스의 유명한 분석심리학자인 칼 구스타브 융Carl Gustav Jung의 제자인 요제프 랑Josef Bernhard Lang 박사를 찾아가 심리분석 요법으로 개인적인 치료를 받았다. 심층심리학에 대한 이야기를 나누었고, 또 스스로 그 이론을 연구하여 이를 나중에 그의 대표작이 된 소설 《데미안Demian》(1919)에 반영하며 쓰기 시작했다. 그리고 융의 꿈 이론의 영향을 받은 헤세는 또 자신의 꿈속에서 '막스 데미안'이라는 인물을 만나 그를 구체적으로 형상화하면서 소설을 썼다.

세계대전으로 서구 정신과 사상의 한계와 몰락을 체험한 헤세는, 그동안 서구를 지켜왔던 기독교적인 사상과 그 윤리만으로는 부족함을 깨닫고 이때부터 서구 사상의 독단에서 벗어나 다른 해결의 길을 모색한다. 그것이 바로 '내면으로의 길'이며 헤세는 이 과정을 융의 정신분석 이론이 보여준 동양 사상과의 접목을 통해서 찾아가게 된다.

제1차 세계대전이 막바지에 이른 무렵인 1917년, 헤세는 안팎의 동요가 격심하던 시기에 조국 독일이 아닌 스위스 베른에서 살았다. 거기서 자신이 시련과 고뇌 속에서 깨달은 내면으로의 길을 가기 위해 창작에만 열중하여 9월과 10월 두 달 동안 집중해서 소설《데미안》을 집필하여 전쟁이 끝난 후에 '에밀 싱클레어'란 익명으로 발표했다. 자기 탐구의 길을 개척한 이 작품에서는 주인공이 이를 극복하고 청년으로 성장해 가는 모습을 그리고 있다. 이 소설은 제1차 세계대전 직후 패전으로 말미암아 혼란에 빠져 있던 독일의 청년들에게 깊은 감명을 주었으며 문학계에도 큰 반향을 불러일으켰다. 헤세는 당시 전후에 정신적·육체적으로 피폐해진 나머지 나아갈 방향을 잃고 혼란스러워하는 독일 젊은이들에게 주인공 데미안을 통해 형상적으로 삶의 방법을 제시하려고 했다.

1919년에는 단편소설집《작은 정원Kleiner Garten》과《동화집Märchen》을 출간하였다. 그는 아내와 아이들을 두고 베른에서 테신Tessin주의 몬타뇰라Montagnola로 혼자 이주하여 카사 카무치Casa Camuzzi 별장에서 살기 시작하면서, 단편집《클링조어의 마지막 여름Klingsors letzter Sommer》(1920)을 출판하고 수채화를 곁들인 여행소설《방랑Wanderung》을 발표하였다. 1921년에는 《시 선집Ausgewählte Gedichte》을 출간하고 또《테신에서 그린 수채화 11편Elf Aquarelle aus dem Tessin》을 발표하였다. 뒤이어 나온 소설《싯다르타》(1922)에서는 한 걸음 더 나아가 인도의 불교와 힌두교의 세계에서 자아의 절대 경지를 탐구하는 과정을 그리고자 했다.《싯다르타》는 헤세가 초기의 몽상적 경향을 탈피하고 소설의 무대를 본격적으로 동양으로 옮겨 내면의 길을 탐색한 작품이다. 이처럼 헤세는 여느 독일 작가와는 다르게 동양과 서양을 서로 배격하지 않고 하나로 보면서 그 안에서 적극적으로 해답을 찾으려 한 작가였으므로 우리 같은 동양의 독자들에게서 많은 공감을 얻는 것이다. 헤세는 1923년에 영원히 스위스 국적을 얻은 후에 아내와 이혼하자마자 스위스 여성과 결혼했으나 얼마 안 가 또 헤어지면서 정신적, 육체적으로 매우 힘든 시간을 보냈다.

그는 여전히 자신의 내면에서 겪고 있던 고통과 좌절에 대한 감정을 소설《황야의 늑대Der Steppenwolf》(1927)에서 묘사했다. 이어서 신학자로서 지성의 세계에 사는 나르치스와 여성을 알고 애욕에 눈이 어두워져 방황하는 골드문트의 우정의 과정을 다룬《나르치스와 골드문트Narziß und Goldmund》(1930)를 출판했는데, 이 소설로 헤르만 헤세는 다시 한 번 큰 명성을 얻었다.

1931년에 그는 만년의 대작이 되는 장편소설《유리알 유희 Das Glasperlenspiel》의 집필을 시작하였다. 그리고 체로노비츠 출신의 니논 돌빈Ninon Dolbin, 1895~1966과 세 번째 결혼을 했고, 화가 친구인 한스 C. 보드머Hans Bjodmer가 지어 평생토록 살게 해 준 몬타뇰라의 새 집으로 그녀와 함께 이사했다.《동방순례Die Morgenlandfahrt》(1932)를 출간했고, 단편집《작은 세계Kleine Welt》(1933)를 발표하였다.

특히 몬타뇰라의 새집으로 이사한 후에는 많은 시들을 썼는데《생명의 나무에서Vom Baum des Lebens》(1934), 전원시집 《정원에서 보낸 시간들 Stunden im Garten》(1936)을 발표하였다. 1937년에는《회고록Gedenkblätter》과《신 시집Neue Gedichte》을 발표하였다.

독일에서 나치스 정권이 집권한 이후부터는 그 탄압으로 독일 내에서 헤세의 작품들이 몰수되고 출판이 금지되었으므로 그의 작품들은 스위스 취리히에서 출판되었다. 1943년에 만년의 대작인《유리알 유희Das Glasperlenspiel》가 취리히에서 출간되었다. 20세기의 문명 비판서라 할 수 있는 이 소설로 헤세는 작가로서의 명성을 확고하게 다졌다. 1944년에는 독일 비밀경찰이 헤세 작품을 독일에서 출판하던 출판업자 페터 주어캄프Peter Suhrkamp를 체포하였다. 그러나 헤세는 이에 굴하지 않고 이듬해인 1945년에 단편들과 동화 모음집인《꿈의 여행 Traumfährte》이 취리히에서 출간하였다. 독일이 제1차, 제2차 세계대전을 치르던 가장 어려운 시기에 작품활동을 한 헤세는 양면적 고뇌를 겪으면서 독일의 상황에서 벗어나 자연에 침잠

하여 조화와 이상을 추구했다. 깊은 통찰력과 감미롭고 서정적인 필치로 그는 전쟁에 의해 몰락해 가던 독일과 유럽 문명에 동양 세계와 자연 세계로의 접근을 통해 새로운 희망과 생명을 부여하려고 끊임없이 노력했던 작가였다.

제2차 세계대전이 끝나자 1946년부터 헤세는 다시 독일에서 책이 출판되었고, 독일 프랑크푸르트Frankfurt시가 주는 괴테 문학상을 수상했으며 이해 11월 14일에는 노벨문학상을 수상하였다. 이후에도 그는 작품 활동을 계속해 1951년에는 《후기 산문집Späte Prosa》과《서간집Briefe》을 발표하였다.

그는 계속 알프스 산간 마을 몬타뇰라에 칩거하여 스스로 경작하고 영원한 은둔주의자와 방랑자로 살면서 전원시 등 많은 작품을 계속해서 썼다. 그리고 나이가 들어가면서 점점 더 서정적으로 변하여 챙이 큰 둥근 밀짚모자를 쓰고 호미와 바구니를 든 소박한 정원사, 또는 흰 구름과 안개와 저녁노을, 산과 호수를 좋아했던 시인, 그리고 동양의 정신을 이해하고 거기에 심취했던 인물로서 세계 어느 작가보다도 우리에게 친숙하고 잘 알려진 작가가 되었다.

이처럼 서정성이 짙은 작가이면서도 또 한편으로 문명에 찌든 독일인들에게 낯설면서도 동경을 불러일으키는 동양적인 세계를 묘사하여 독일의 많은 청소년들에게 여행과 방랑과

모험, 자연에 대한 향수를 일으켰던 그의 작품들은 많은 독일인들뿐만 아니라 우리 같은 동양인들에게도 끊임없이 읽히고 사랑을 받아왔다.

헤세는 마침내 여든다섯 살이 된 1962년에 몬타뇰라의 명예시민이 되었으나, 그해 8월 9일 뇌출혈로 몬타뇰라에서 아침에 세상을 떠나 이틀 후에 성 아본디오St. Abbondio교회 묘지에 안장되었다.

아내 니논 헤세는 12월 8일에 베른에 있는 스위스국립도서관을 방문하여 헤르만 헤세의 유고집을 그곳에 보관하기 위한 의논을 하였다. 헤세는 사후에도 작가로서의 명성을 계속 유지하였으며 특히 1970년대부터 그의 인기는 오늘날 독일을 넘어서서 전 세계로 퍼져 나가 오늘날까지 꾸준히 계속되고 있다.

## 헤르만 헤세 연보

**1877년** 7월 2일, 독일 남부 뷔르템베르크주의 작은 도시 칼프에서 태어났다.

**1981년** 개신교 선교사인 아버지 요하네스 헤세를 따라 바젤로 이주했다.

**1883년** 러시아(에스토니아) 국적이던 아버지가 바젤 시민권을, 가족은 스위스 국적을 취득했다.

**1886년** 7월에 가족이 다시 칼프로 돌아왔고, 헤세는 1889년까지 실업 학교를 다녔다.

**1890년** 2월에 신학교 시험 준비를 위해 괴핑엔의 라틴어 학교에 들어갔고, 아버지의 권유대로 스위스 국적을 포기하고 뷔르템베르크주 정부 시험에 합격했다.

**1891년** 7월에 슈트트가르트주 정부 시험에 우수한 성적으로 합격하고, 9월에 명문 개신교 신학교 수도원인 마울브론 기숙신학교에 입학했다.

**1892년** 겨울에 한 푼도 없이 입학 7개월만에 "시인이 되지 않으면 아무것도 되지 않겠다"면서 도망쳤다. 6월에 자살을 시도해서 8월까지 슈테텐 신경과 병원에 입원했다. 11월에 칸슈타트 김나지움에 입학하지만 얼마 못 가 이듬해에 결국 학업을 중단했다.

**1894년** 칼프의 시계 부품 공장에 수습공으로 들어갔다.

**1896년** 튀빙엔의 헤켄하우어 서점의 점원으로 일하며, 집필을 시작했다.

**1899년** 시집 《낭만적인 노래들(Romantische Lieder)》을 출간, 마리아 릴케의 인정을 받았다. 산문집 《자정 이후의 한 시간(Eine Stunde hinter Mitternacht)》도 출간했다. 바젤의 고서점 라이히로 일자리를 옮긴다.

**1901년** 라이히를 그만두고 오랫동안 꿈꾸었던 이탈리아 여행(플로렌스, 제누아, 피사, 베네치아)을 다녀왔다.

**1902년** 어머니가 사망했다.

**1903년** 두 번째로 이탈리아(플로렌스, 베네치아)를 여행했다.

**1904년** 첫 장편소설 《페터 카멘친트(Peter Camenzind)》를 출간해서, 시인뿐 아니라 소설가로서도 인정받았다. 여덟 살 연상의 스위스 사진작가 마리아 베르누이(Maria Bernoulli)와 결혼해서, 보덴 호숫가의 작은 마을 가이엔호펜에서 살았다.

**1905년** 첫 아들 브루노(Bruno)가 태어났다.

**1906년** 마울브론 수도원 학교의 경험을 바탕으로 두 번째 장편소설 《수레바퀴 아래서(Unterm Rad)》를 출간했다.

**1907년** 단편집 《이 세상에(Diesseits)》를 출간했다. 묘비명을 "여기 시인 헤세 잠들다"라고 정하고 흡족해 했다.

**1908년** 단편집 《이웃들(Nachbarn)》을 출간했다.

**1909년** 강연 여행(취리히, 독일, 오스트리아)을 다녔으며, 빌헬름 라베를 방문했다. 둘째 아들 하이너(Heiner)가 태어났다.

**1910년** 《게르트루트(Gertrud)》를 출간했다.

**1911년** 할아버지와 부모가 선교사로 일했던 인도를 여행했다. 처음에는 동양의 첫 인상에 당황하나, 차차 불교와 명상에 관심을 가졌다. 셋째 아들 마르틴(Martin)이 태어났다.

**1912년** 단편집 《우회로들(Umwege)》을 출간했다. 독일을 떠나 스위스 베른으로 이주했다.

**1913년** 《인도에서. 인도 여행의 기록(Aus Indien. Aufzeichnungen einer indischen Reise)》을 출간했다.

**1914년** 《로스할데(Roβhalde)》를 출간했다. 제1차 세계대전 발발 직후에 군 입대를 자원했지만 복무 부적격 판정을 받아서, 베른의 〈독일 포로 구호 기구〉에 복무하며 전쟁포로 및 억류자들을 위한 잡지를 발행했다. 자신의 출판사도 만들어서 1919년까지 총 22권의 소책자를 발행했다. 〈노이에 취리히 차이퉁〉에 "민족주의적 논방에 빠지지 말아야 한다"는 취지의 글을 써서 독일 언론과 문단의 극심한 공격을 받았다.

**1915년** 《크눌프, 그 삶의 세 가지 이야기(Knulp : Drei Geschichten aus dem

Leben Knulps)》를 출간했다.

**1916년** 아버지가 사망했다. 아내와 3살 막내아들의 병으로 인해 신경쇠약이 발병, 심리 치료를 받기 시작했다. 치료 과정의 일환으로 그림을 그리기 시작했다.

**1917년** 홀로 스위스 테신주 몬타뇰라로 이주, 9~10월에 걸친 3주간 《데미안. 한 젊음의 이야기(Demian. Die Geschichte einer Jugend)》을 집필했다.

**1919년** 정치적 유인물 《차라투스트라의 귀환. 어느 독일인이 독일 젊은이들에게 보내는 한마디(Zarathustras Wiederkehr. Ein Wort an die deutsche Jugend von einem Deutschen)》를 익명으로 출간, 이듬해 베를린에서 실명으로 재출간했다. 《데미안. 한 젊음의 이야기》를 '에밀 싱클레어'라는 가명으로 출간했다. 《동화(Marchen)》도 출간했다. 잡지 〈새로운 독일적인 것을 위하여(Vivos voco)〉의 창간호를 발행했다.

**1920년** 몬타뇰라로 이사해서 생활하며 《방랑(Wanderung)》, 《클링조어의 마지막 여름(Klingsors letzter Sommer)》을 출간했다.

**1921년** 칼 구스타프 융에게 정신분석을 받았다.

**1922년** 《싯다르타(Siddhartha)》를 출간했다.

**1923년** 마리아 베르누이와 이혼했다. 스위스 국적을 재획득했다.

**1924년** 루트 벵어(Ruth Wenger)와 재혼했다.

**1925년** 《요양객(Kurgast)》을 출간했다.

**1926년** 《그림책(Bilderbuch)》을 출간했다.

**1927년** 《뉘른베르크 여행(Die Nurnberger Reise)》, 《황야의 이리(Der Step pen-wolf)》를 출간했다. 루트 벵어와 이혼했다.

**1928년** 《관찰(Betrachtungen)》을 출간했다.

**1929년** 시집 《밤의 위로(Trost der Nacht)》를 출간했다.

**1930년** 《나르치스와 골드문트(Narziß und Goldmund)》를 출간했다.

**1931년** 니논 돌빈(Ninon Dolbin)과 재혼했다. '카사 로사'라는 대저택을 짓고 몬타

놀라에 정착했다. 토마스 만, 브레히트 등 많은 친구들이 방문했다.

**1932년** 《동방순례(Die Morgenlandfahrt)》를 출간했다. 《유리알 유희(Das Glas-perlenspiel)》의 집필을 시작했다.

**1934년** 시선집 《생명의 나무에서(Vom Baum des Lebens)》를 출간했다.

**1936년** 《정원에서 보낸 시간(Stunden im Garten)》을 출간했다.

**1937년** 《기념첩(Gedenkblatter)》을 출간했다.

**1939년** 헤세가 독일의 국가사회주의자들이 유대인 및 특정 작가들을 박해하는 것을 염려하는 기고문을 실었던 일로, 독일에서 제2차 세계대전 발발 후 1945년 종전까지 '헤르만 헤세 작품 출판 금지령'이 걸렸다(《수레바퀴 아래서》《황야의 이리》《관찰》《나르치스와 골드문트》 인쇄 중단). 스위스 프레츠&바스뭇 출판사에서 전집을 펴냈다.

**1942년** 《시집(Gedichte)》을 출간했다.

**1943년** 《유리알 유희(Das Glasperlenspiel)》를 출간했다.

**1945년** 《꿈의 여행(Traumfahrte)》을 출간했다.

**1946년** 《유리알 유희》로 노벨문학상, 프랑크푸르트시의 괴테상을 수상했다. 《전쟁과 평화(Krieg und Frieden)》를 출간했다. 독일에서 헤세의 작품이 다시 출간되기 시작했다.

**1947년** 고향 칼프에서 명예시민이 되었다.

**1951년** 《후기 산문(Spate Prosa)》과 《서간집(Briefe)》을 출간했다.

**1954년** 동화 《픽토르의 변신(Piktors Verwandlungen)》, 《헤르만 헤세 - 로망 롤랑 : 서한집(Briefwechsel : Hermann Hesse-Romain Rolland)》을 출간했다.

**1955년** 산문집 《마법(Beschworungen)》을 출간했다.

**1956년** '헤르만 헤세 상'이 제정되고, 재단이 만들어졌다.

**1962년** 몬타뇰라의 명예시민이 되었다. 8월 9일 뇌출혈로 쓰러져서 몬타뇰라에서 사망, 아본디오 묘지에 안치되었다.

**옮긴이 두행숙**

서강대학교 독어독문학과를 졸업하고, 독일 뒤셀도르프 대학교에서 독일문학 박사 학위
를 취득했다. 그 후 서강대, 명지전문대, 한국교원대, 충북대, 중앙대 등에서 독일문학, 독
일문화, 철학을 강의했다. 현재는 번역과 저술에 전념하고 있다.

《정원 일의 즐거움(헤르만 헤세 수필집)》, 《인생을 보는 지혜》, 《헤세, 내 영혼의 작은 새》,
《젊은 베르테르의 슬픔》, 《꿈꾸는 책들의 도시》, 《헤겔의 미학강의》, 《차라투스트라는 이
렇게 말했다》, 《오레스테이아》, 《안티크리스트》, 헤세의 시선집(《봄》, 《여름》, 《가을》, 《겨
울》) 등을 번역했다.

# 초판본 크눌프
**1915년 오리지널 초판본 표지디자인**

초판 1쇄 펴낸 날  2022년 6월 15일

지 은 이    헤르만 헤세
옮 긴 이    두행숙
펴 낸 이    장영재
펴 낸 곳    (주)미르북컴퍼니
자 회 사    더스토리
전    화    02)3141-4421
팩    스    0505-333-4428
등    록    2012년 3월 16일(제313-2012-81호)
주    소    서울시 마포구 성미산로32길 12, 2층 (우 03983)
E - mail    sanhonjinju@naver.com
카    페    cafe.naver.com/mirbookcompany
인스타그램    www.instagram.com/mirbooks

* (주)미르북컴퍼니는 독자 여러분의 의견에 항상 귀 기울이고 있습니다.
* 파본은 책을 구입하신 서점에서 교환해 드립니다.
* 책값은 뒤표지에 있습니다.